DE ONDE VÊM AS PRINCESAS?

**IRMÃOS GRIMM &
HANS CHRISTIAN ANDERSEN**

DE ONDE VÊM AS PRINCESAS?

OS CONTOS QUE DERAM
ORIGEM ÀS HISTÓRIAS
MAIS AMADAS DO CINEMA

Tradução:
Petê Rissatti

Copyright © Editora Planeta do Brasil, 2023
Todos os direitos reservados.
Títulos originais: *Den lille Havfrue* (A Pequena Sereia); *Snedronningen* (A Rainha da Neve); *Dornröschen* (A Bela Adormecida); *Sneewittchen* (Branca de Neve); *Aschenputtel* (A Gata Borralheira); *Der Froschkönig oder der eiserne Heinrich* (O Príncipe Sapo, ou Heinrich de Ferro); e *Rapunzel*.

Preparação: Bonie Santos
Revisão: Renato Ritto e Renata Lopes Del Nero
Projeto gráfico e diagramação: Beatriz Borges
Capa e ilustrações de miolo: Ellen Alves

Dados Internacionais de Catalogação na Publicação (CIP)
Angélica Ilacqua CRB-8/7057

Andersen, Hans Christian
De onde vêm as princesas: os contos que deram origem às histórias mais amadas do cinema / Hans Christian Andersen, Wilhelm Grimm, Jacob Grimm; tradução de Petê Rissatti. – São Paulo: Planeta do Brasil, 2023.
160 p.

ISBN 978-85-422-2069-8

1. Literatura infantojuvenil alemã 2. Folclore – Alemanha 3. Contos de fadas I. Título II. Grimm, Wilhelm III. Grimm, Jacob IV. Rissatti, Petê

23-0392   CDD 028.5

Índice para catálogo sistemático:
1. Literatura infantojuvenil alemã

Ao escolher este livro, você está apoiando o manejo responsável das florestas do mundo

2023
Todos os direitos desta edição reservados à
EDITORA PLANETA DO BRASIL LTDA.
Rua Bela Cintra, 986 – 4º andar
01415-002 – Consolação
São Paulo-SP
www.planetadelivros.com.br
faleconosco@editoraplaneta.com.br

A INVENÇÃO DO "FELIZES PARA SEMPRE"

Nota à edição

Escritores e acadêmicos, os irmãos Jacob (1785-1863) e Wilhelm (1786-1859) Grimm nasceram no atual território da Alemanha. Dedicaram boa parte de suas vidas a coletar e registrar diversas fábulas do folclore germânico, e sua obra é considerada fundamental para a sedimentação do idioma alemão. Já o dinamarquês Hans Christian Andersen (1805-1875) foi um poeta, dramaturgo e escritor de histórias infantis do século XIX. Filho de um artesão sapateiro – falecido duran-

te as Guerras Napoleônicas, quando Hans tinha apenas
11 anos –, dedicou-se à escrita de histórias curtas desde
muito cedo.

Esses autores, como muitos antes deles e tantos
outros depois, se propuseram a resgatar e registrar as
mais incríveis histórias da tradição oral europeia, passa-
das de pais para filhos ao longo dos séculos. Ainda que,
sim, tenham sido criados e recontados ao redor das fo-
gueiras ou diante das lareiras às crianças da casa, esses
contos de magia e encantamento não tinham o aspecto
infantil que vemos hoje em dia.

O conceito de "infância" é relativamente recente,
tendo variado muito ao longo do tempo: muitos desses contos de fadas tiveram papel essencial na educação
das crianças da época e estão entre os mais conhecidos
da história da literatura, mas, originalmente, tinham
finais bastante distintos dos que conhecemos hoje – e,
em geral, muito mais sombrios. Um texto poderia fun-
cionar como disciplinador, educativo, de maneira a es-
tabelecer, mesmo que indiretamente, uma série de leis,
limites culturais e cerceamentos morais. Uma criança
não podia ser intrometida, ou acabaria sendo devorada
por uma bruxa má, destroçada por ursos malvados ou
engolida por uma baleia. Se uma mulher não fosse cui-
dadosa e se deixasse enganar pelas armadilhas do amor,
perderia a voz ou dormiria por mais de cem anos.

Nota à edição

O castigo na ficção estabelece o "proibido" no leitor (ou na criança que escuta), que deve abrir mão de sua satisfação para que possa viver sob as regras de sua sociedade. Mas essas regras estão em constante mudança, e mesmo os Grimm e Andersen tentaram, de uma forma ou de outra, amenizar a violência dessas histórias, acrescentando a elas valores cristãos e, invariavelmente, uma moral no final. Os pecados, a tortura, o canibalismo, as punições das mais terríveis: tudo isso foi sendo abrandado, moldado à passagem do tempo e às novas concepções de educação, chegando finalmente ao que vemos – e consumimos – hoje como contos de príncipes, princesas, heróis e figuras do Mal.

Toda escrita é fruto de seu tempo, mas também nenhuma leitura é isenta, sempre há ancoragem cultural e social, além de subjetiva. O autor escreve de acordo com seu entorno, sua experiência, mas, quando surge o leitor – seja ele do século XIX ou do XXI –, impõe-se a instância do outro. Escritores criam suas fantasias a partir dos elementos que lhes são oferecidos pelo mundo, e essas fantasias, ainda que criações individuais, podem ultrapassar a barreira do que lhes é subjetivo e dialogar, tocar, mover quem está na outra ponta, o leitor.

O escritor argentino Jorge Luis Borges defendia que o significado de uma obra literária só se completa no ato da leitura, e por isso ela pode ter infinitos significados, pois cada leitura é pessoal e subjetiva. O poema, a obra literária como um todo, só existe quando encontra um leitor, e, ao mesmo tempo, deixa de existir quando não pode mais ser lida. No limite, toda criação é coletiva, nenhum autor é individual.

Uma obra literária e o filme adaptado a partir dela podem ser uma janela de onde se espiam as riquezas das fantasias de um autor ou diretor – ou, como no caso dos contos de fadas, das tradições de um povo –, mas também a porta por onde o leitor deve passar para criar seu próprio mundo fantástico, a partir de sua subjetividade e de infinitas interpretações. A história, antes fruto da fantasia apenas do escritor, mesmo que coletada da tradição de seu povo, ou do diretor de um filme de animação em Hollywood, serve de gatilho para muitas outras fantasias: o leitor se maravilha com o texto ou com o filme dele adaptado, tem desejos de amor com o protagonista, imagina-se rei/deus/herói naquele universo ficcional, veste-se como seu personagem preferido em uma convenção de fãs, escreve uma fanfic baseada no texto, encontra-se com outros membros do fandom etc. É o leitor que completa o significado da obra, reconstruindo-a de geração a geração.

Histórias (re)contadas por séculos ainda são capazes de nos mover e emocionar. Nos identificamos com princesas e príncipes, sereias e duendes. Tememos os mesmos vilões que assustaram nossos avós (e os avós de nossos avós), torcemos pelos "felizes para sempre" dessas histórias atemporais. Nossas brincadeiras infantis de faz de conta se transformam em fantasias de amor, sorte e poder, e autores como Hans Christian Andersen e os irmãos Jacob e Wilhelm Grimm foram capazes de compreender os segredos de nossos desejos, criando contos de fadas, de fato, universais.

Boa leitura!

SUMÁRIO

✤ Hans Christian Andersen ✤

A PEQUENA SEREIA 13
A RAINHA DA NEVE 53

✤ Irmãos Grimm ✤

A BELA ADORMECIDA 105
BRANCA DE NEVE 113
A GATA BORRALHEIRA 129
O PRÍNCIPE SAPO, OU
HEINRICH DE FERRO 143
RAPUNZEL 151

A PEQUENA SEREIA

Hans Christian Andersen

Lá no meio do oceano, onde a água é azul como a mais bonita centáurea e límpida como cristal, o mar é muito, muito profundo; tão, tão profundo que nenhum cabo seria capaz de sondá-lo, e nem mesmo várias torres de igreja empilhadas umas sobre as outras alcançariam, do solo lá embaixo, a superfície da água lá em cima. Lá vivem o Rei do Mar e seus súditos.

Não devemos imaginar que não há nada no fundo do mar além de simples areia amarela. Não, pois nessa areia crescem, de fato, as mais estranhas flores e plantas, cujas folhas e caules são tão flexíveis que a menor agitação da água faz com que se mexam como se tivessem vida. Peixes grandes e pequenos deslizam por entre os galhos como os pássaros voam por entre as árvores aqui na terra firme.

No ponto mais profundo de todos fica o castelo do Rei do Mar. As paredes são feitas de coral, e as longas janelas góticas, do âmbar mais translúcido. O telhado é formado por conchas que se abrem e se fecham à medida que a água flui sobre elas; são muito bonitas, pois em cada uma há uma pérola brilhante que caberia muito bem no diadema de uma rainha.

O Rei do Mar era viúvo havia muitos anos, e quem cuidava de seu castelo era sua mãe idosa. Era uma mulher muito sensata, mas extremamente orgulhosa de suas origens nobres, e por isso usava doze ostras na cauda, enquanto outras mulheres de alta classe só podiam usar seis.

No entanto, fazia por merecer os muitos elogios que recebia, especialmente por seus cuidados com as princesinhas do mar, suas seis netas. Eram crianças lindas, mas a mais nova era a mais bonita de todas. A pele dela era clara e delicada como uma pétala de rosa, e os olhos, azuis como o mar mais profundo; no entanto, como todas as outras, ela não tinha pés, e seu corpo terminava em um rabo de peixe. Durante todo o dia, as princesas brincavam nos grandes salões do castelo ou entre as flores vivas que cresciam nas paredes. As grandes janelas âmbar ficavam abertas, e os peixes nadavam para dentro, assim como as andorinhas voam para dentro de nossa casa quando abrimos as janelas; só que os peixes nadavam até as princesas, comiam da mão delas e se deixavam acariciar.

Do lado de fora do castelo havia um belo jardim, no qual cresciam flores vermelho-vivas e azul-escuras, e outras como chamas; os frutos brilhavam como ouro, e as folhas e caules balançavam sem parar de um lado para o outro. A própria terra era da areia mais fina, mas azul como a chama de enxofre ardente. Sobre tudo isso pairava um brilho azul peculiar, como se o céu azul estivesse por toda parte, acima e abaixo, em vez das profundezas escuras do mar. Quando o clima estava calmo, o sol podia ser visto semelhante a uma flor roxo-avermelhada que tinha luz fluindo do cálice.

Cada uma das jovens princesas tinha um pequeno quinhão de terra no jardim onde podia cavar e plantar como quisesse. Uma ajeitou o canteiro de flores na forma de uma baleia; outra preferiu fazer do seu a figura de uma pequena sereia; enquanto a caçula fazia a sua parte redonda como o sol, e nela cultivava flores tão vermelhas quanto seus raios ao crepúsculo.

Ela era uma criança estranha, quieta e pensativa. Enquanto suas irmãs se deleitavam com as coisas maravilhosas que retiravam de destroços dos navios, ela se importava apenas com suas lindas flores, vermelhas como o sol, e com uma bela estátua de mármore. Era a representação de um menino bonito, esculpida em pedra branca pura, que havia caído de um naufrágio até o fundo do mar.

Plantara um salgueiro-chorão cor-de-rosa ao lado da estátua. A árvore crescera rapidamente, e logo seus galhos frescos começaram a pender sobre a estátua quase até tocar a areia azul. As sombras eram de cor violeta e ondulavam para lá e para cá como os galhos, de modo que parecia que a copa da árvore e a raiz estavam brincando, tentando se beijar.

Nada lhe dava tanto prazer quanto ouvir sobre o mundo acima do mar. Ela pedia que sua velha avó lhe contasse tudo o que sabia sobre os navios e as cidades, as pessoas e os animais. Para ela, era maravilhoso e belo ouvir que as flores da terra tinham fragrâncias, enquanto as do fundo do mar não tinham; que as árvores da floresta eram verdes; e que os peixes entre as árvores cantavam tão docemente que era um prazer ouvi-los. Sua avó chamava os pássaros de peixes, ou a pequena sereia não teria entendido o que a palavra significava, pois nunca tinha visto nenhum pássaro.

— Quando completar quinze anos — disse a avó —, você terá permissão para sair do mar e se sentar nas rochas ao luar, enquanto os grandes navios passam navegando. Então, verá florestas e cidades.

No ano seguinte, uma das irmãs faria quinze anos, mas, como cada uma era um ano mais nova que a outra, a caçula teria que esperar cinco anos antes que chegasse a sua vez de subir do fundo do oceano para ver a terra como nós vemos. No entanto, cada uma prometeu contar às outras o que visse em sua primeira visita e o que achasse mais bonito. A avó não lhes conseguia dizer o bastante – havia tantas coisas sobre as quais elas queriam saber...

Nenhuma delas ansiava tanto pela própria vez quanto a caçula – ela, que precisaria esperar mais tempo e que era tão quieta e pensativa. Em muitas das noites, ficava perto da janela aberta, olhando para cima através da água azul-escura, observando os peixes chapinharem com suas barbatanas e caudas. Conseguia ver a lua e as estrelas brilhando fracamente, mas, através da água, elas pareciam maiores do que parecem aos nossos olhos. Quando algo como uma nuvem escura passava entre a caçula e os astros, ela sabia que era uma baleia nadando sobre sua cabeça ou um navio cheio de seres humanos que nunca imaginariam que uma linda sereia estava parada abaixo deles, estendendo as mãos brancas em direção à quilha do barco.

No devido tempo, a mais velha fez quinze anos e teve autorização para subir à superfície do oceano.

Quando voltou, tinha centenas de coisas para contar. Mas a melhor coisa, disse ela, era deitar em um banco de areia no mar calmo e enluarado, perto da costa, olhando as luzes da cidade próxima, que brilhavam como centenas de estrelas, e ouvir os sons da música, o barulho das carruagens, as vozes dos seres humanos e o alegre repicar dos sinos nas torres da igreja. Como não podia chegar perto de todas essas coisas maravilhosas, ansiava por elas ainda mais.

Ah, com quanto interesse a irmã caçula ouvira todas aquelas descrições! E depois, quando observou a água azul-escura pela janela aberta, pensou na grande cidade, com toda a agitação e o barulho, e até imaginou que conseguia ouvir o som dos sinos da igreja nas profundezas do mar.

Após mais um ano, a segunda irmã recebeu permissão para subir à superfície da água e nadar por onde quisesse. Subiu quando o sol estava se pondo, e essa, ela contou, era a visão mais bonita de todas. Todo o céu parecia feito de ouro, e nuvens violeta e cor-de-rosa, que ela não conseguia descrever, flutuavam por ele. E, mais rápido que as nuvens, voou um grande bando de cisnes selvagens em direção ao sol poente, como um longo véu branco sobre o mar. Nadou também em direção ao sol, mas ele afundou por entre as ondas, e os tons rosados desvaneceram das nuvens e do mar.

Então foi a vez da terceira irmã, e ela foi a mais ousada de todas, pois nadou por um rio largo que desaguava no mar. Às margens, viu colinas verdes cobertas de belas vinhas e palácios e castelos espreitando por entre as árvores orgulhosas da floresta. Ouviu os pássaros cantando e sentiu os raios do sol com tanta força que muitas vezes foi obrigada a mergulhar na água para esfriar o rosto que ardia. Em um riacho estreito, encontrou um grande grupo de criancinhas humanas, quase nuas, brincando na água. Quis brincar também, mas elas fugiram muito assustadas; e então um animalzinho preto – era um cachorro, mas ela não sabia, pois nunca tinha visto um antes – foi até a água e latiu de um jeito tão furioso que ela ficou assustada e nadou às pressas de volta para o mar aberto. Mas contou que nunca se esqueceria da bela floresta, das colinas verdes e das crianças bonitas que sabiam nadar na água, embora não tivessem caudas.

A quarta irmã era mais tímida. Permaneceu no meio do mar, mas disse que ali era tão bonito quanto mais perto da terra. Conseguia ver muitos quilômetros ao redor, e o céu acima parecia uma cúpula de vidro. Tinha visto os navios, mas a uma distância tão grande que pareciam gaivotas. Os golfinhos brincavam nas ondas, e as grandes baleias jorravam água das narinas até parecer que uma centena de fontes estava ligada em todas as direções.

O aniversário da quinta irmã era no inverno, então, quando chegou sua vez, viu o que as outras não tinham visto na primeira vez que subiram. O mar parecia bem verde, e grandes icebergs flutuavam, cada um como uma pérola, ela contou, mas maiores e mais altos que as igrejas construídas pelos humanos. Tinham as formas mais singulares e brilhavam como diamantes. Sentou-se em um dos maiores e deixou o vento brincar com seu longo cabelo. Notou que todos os navios passavam muito rápido, desviando o mais longe que podiam, como se estivessem com medo do iceberg. Ao entardecer, quando o sol se punha, nuvens escuras cobriram o céu, trovões ressoaram e relâmpagos cintilaram, vermelhos, nos icebergs, que eram sacudidos pelo mar agitado. As velas de todos os navios ficaram cobertas de medo e tremor enquanto ela continuava sentada no iceberg flutuante, observando calmamente os relâmpagos que lançavam seus clarões bifurcados no mar.

Cada uma das irmãs, quando pela primeira vez teve permissão para subir à superfície, ficou encantada com as novas e belas paisagens. Agora que eram garotas crescidas e podiam ir quando quisessem, tinham ficado bastante indiferentes a elas. Logo desejavam voltar e, depois de um mês, diziam que era muito mais bonito lá embaixo e mais agradável estar em casa.

No entanto, muitas vezes, à noite, as cinco irmãs entrelaçavam os braços uma na outra e subiam juntas à superfície. Suas vozes eram mais formosas que as de qualquer ser humano, e, antes da aproximação de uma tempestade, quando temiam que um navio pudesse se perder, nadavam diante dele entoando canções encantadoras sobre as delícias que eram encontradas nas profundezas do mar e implorando aos viajantes que não temessem caso afundassem. Mas os marinheiros não conseguiam entender a música e pensavam que era o uivo da tempestade. Essas coisas nunca eram bonitas para elas, pois, se o navio afundasse, os homens se afogariam, e seus corpos sem vida chegariam ao palácio do Rei do Mar.

Quando as irmãs subiam, de braços dados, pela água, a caçula ficava sozinha, atenta a elas, pronta para chorar – só que, como sereias não têm lágrimas, ela sofria de um jeito ainda mais profundo.

— Ah, se eu tivesse quinze anos! — dizia ela. — Sei que vou amar o mundo lá em cima e todas as pessoas que vivem nele.

Finalmente, seus quinze anos chegaram.

— Bem, agora você cresceu — disse a velha viúva, sua avó. — Venha e me deixe adornar você como fiz com suas irmãs.

E pousou no cabelo dela uma coroa de lírios brancos, dos quais cada pétala era a metade de uma pérola. Então, a senhorinha ordenou que oito grandes ostras se prendessem ao rabo da princesa para exibir sua nobreza.

— Mas elas me machucam tanto — disse a pequena sereia.

— Sim, eu sei; o orgulho precisa doer — respondeu a velha senhora.

Ah, com que prazer ela teria se livrado de toda aquela grandeza e deixado de lado a pesada coroa! As flores vermelhas em seu jardim lhe teriam sido muito mais adequadas. Mas não podia se vestir sozinha, então se despediu e subiu tão levemente quanto uma bolha até a superfície da água.

O sol tinha acabado de se pôr quando ela ergueu a cabeça acima das ondas. As nuvens estavam tingidas de carmesim e dourado, e através do crepúsculo cintilante brilhava a estrela da noite[1] em toda a sua beleza. O mar estava calmo, e o ar, ameno e fresco. Um grande navio com três mastros estava parado na água, tranquilo; apenas uma vela estava solta, pois nenhuma brisa soprava, e os marinheiros estavam ociosos no convés ou no meio do cordame. Havia música e canto a bordo, e, quando a

---

1. Muito provavelmente o autor se refere ao planeta Vênus logo após o pôr do sol. (N.T.)

escuridão chegou, cem lanternas coloridas foram acesas, como se as bandeiras de todas as nações tremulassem no ar.

A pequena sereia nadava perto das janelas das cabines e, de vez em quando, conforme as ondas a levantavam, conseguia olhar através das vidraças e ver várias pessoas vestidas com roupas alegres.

Entre esses indivíduos, e o mais bonito de todos, estava um jovem príncipe com grandes olhos pretos. Ele tinha dezesseis anos, e seu aniversário estava sendo comemorado com grande ostentação. Os marinheiros dançavam no convés, e, quando o príncipe saiu da cabine, mais de cem foguetes foram lançados ao céu, deixando-o claro como o dia. A pequena sereia ficou tão assustada que mergulhou na água e, quando voltou a pôr a cabeça para fora, parecia que todas as estrelas do céu estavam caindo ao seu redor.

Nunca tinha visto fogos de artifício. Grandes sóis jorravam fogo, esplêndidos vaga-lumes voavam no ar azul, e tudo se refletia no mar claro e calmo lá embaixo. O próprio navio estava iluminado com tanto brilho que todas as pessoas, e até mesmo a menor corda, podiam ser vistas com clareza. Como o jovem príncipe era bonito, apertando as mãos de todos os convidados e sorrindo para eles enquanto a música ressoava no ar claro da noite!

Era muito tarde, mas a pequena sereia não conseguia tirar os olhos do navio nem do belo príncipe. As lanternas coloridas haviam se apagado, não havia mais foguetes no ar e o canhão não disparava mais; mas o mar ficara inquieto, e gemidos e resmungos podiam ser ouvidos sob as ondas. Ainda assim, a pequena sereia permaneceu junto à janela da cabine, balançando para cima e para baixo na água para poder olhar lá para dentro. Depois de um tempo, as velas foram rapidamente desfraldadas e o navio seguiu seu caminho. Mas logo as ondas subiram ainda mais, nuvens pesadas escureceram o céu e relâmpagos apareceram ao longe. Uma terrível tempestade se aproximava. Mais uma vez as velas foram enroladas e o grande navio seguiu seu curso pelo mar revolto. As ondas subiam altas como montanhas, como se fossem passar por cima do mastro, e o navio mergulhava como um cisne entre elas, depois se erguia novamente nas altas cristas espumantes. Para a pequena sereia, aquela era uma distração agradável; mas para os marinheiros não era. Por fim, o navio gemeu e rangeu; as grossas tábuas cederam sob as chicotadas do mar, enquanto as ondas quebravam no convés; o mastro principal se partiu como um junco e, quando o navio tombou de lado, a água o invadiu.

A pequena sereia então percebeu que a tripulação estava em perigo; até mesmo ela foi obrigada a ter cuidado para evitar as vigas e tábuas do navio destroçado que se espalhavam pela água. Em dado momento em que estava escuro como breu, ela não conseguia ver um único objeto, mas quando um relâmpago riscou o céu, revelou toda a cena; todos que tinham estado a bordo estavam visíveis, exceto o príncipe. Quando o navio se partiu ao meio, ela o vira afundar nas ondas profundas e ficara feliz, pois pensara que agora ele estaria ao lado dela. Então, lembrou-se de que os seres humanos não conseguiam viver embaixo d'água, de modo que, quando ele chegasse ao palácio de seu pai, certamente estaria morto.

Não, ele não podia morrer! Ela, então, nadou por entre as vigas e tábuas que se espalhavam pela superfície do mar, esquecendo-se de que poderiam estraçalhá-la. Mergulhando fundo nas águas escuras, subindo e descendo com as ondas, finalmente conseguiu alcançar o jovem príncipe, que rapidamente perdia as forças para nadar naquele mar tempestuoso. Os membros dele falhavam, os lindos olhos estavam fechados, e ele teria morrido se a pequena sereia não tivesse vindo em seu socorro. Ela segurou a cabeça dele acima da água e deixou que as ondas os levassem para onde quisessem.

De manhã a tempestade havia cessado, mas do navio não se via um único fragmento. O sol ergueu-se vermelho e brilhante da água, e seus raios trouxeram de volta o tom de saúde às bochechas do príncipe, mas seus olhos continuavam fechados. A sereia beijou a testa alta e lisa dele e acariciou seus cabelos molhados. Ele parecia a estátua de mármore em seu pequeno jardim, então ela o beijou novamente e desejou que ele pudesse viver.

Logo avistaram terra firme, e ela viu altas montanhas azuis nas quais a neve branca descansava como se um bando de cisnes estivesse deitado sobre elas. Belas florestas verdes estavam próximas à costa, e perto dali havia uma grande construção; ela não sabia dizer se uma igreja ou um convento. Laranjeiras e cidreiras cresciam no jardim, e diante da porta havia altas palmeiras. O mar ali formava uma pequena baía, onde a água era calma e parada, mas muito profunda. Ela nadou com o belo príncipe até a praia, que era coberta de areia branca e fina, e ali o deitou ao sol quente, tomando o cuidado de deixar a cabeça dele mais alta que o corpo. Então, os sinos soaram no grande edifício branco, e algumas garotas chegaram ao jardim. A pequena sereia nadou para mais longe da costa e se escondeu entre algumas rochas altas que se erguiam da água.

Cobrindo a cabeça e o pescoço com a espuma do mar, ficou ali olhando para ver o que seria do pobre príncipe.

Não demorou muito até que ela visse uma jovem se aproximar do local onde o príncipe estava. A moça dava a impressão de estar assustada a princípio, mas só por um momento; depois, chamou várias pessoas, e a sereia viu que o príncipe voltou à vida e sorriu para aqueles que estavam ao seu redor. Mas para a sereia ele não abriu sorriso nenhum; não sabia que ela o salvara. Isso a deixou muito triste, e quando ele foi levado para o grande edifício, a sereia mergulhou na água e voltou para o castelo de seu pai.

Sempre fora silenciosa e pensativa, mas agora estava mais que nunca. Suas irmãs perguntaram o que ela vira durante sua primeira visita à superfície da água, mas ela não conseguiu dizer nada. Durante muitas noites e manhãs ela ia até o lugar onde havia deixado o príncipe. Viu as frutas amadurecerem no jardim e as observou serem colhidas; viu a neve no topo das montanhas derreter, mas nunca mais viu o príncipe e, portanto, sempre voltava para casa mais triste que antes.

Seu único conforto era sentar-se em seu pequeno jardim e passar o braço ao redor da bela estátua de mármore, que se parecia com o príncipe. Parou de cuidar de suas flores, e elas cresceram em uma confusão selvagem sobre os caminhos, enrolando as longas folhas e caules em volta dos galhos das árvores, de modo que todo o lugar ficou escuro e melancólico.

A certa altura, não aguentou mais e contou tudo a uma das irmãs. Então, as outras ouviram o segredo, e logo ele chegou aos ouvidos de várias sereias, uma das quais tinha uma amiga próxima que por acaso sabia do príncipe. Ela também tinha visto o festival a bordo do navio e contou a elas de onde o príncipe vinha e onde ficava seu palácio.

— Venha, irmãzinha — disseram as outras princesas. Em seguida, entrelaçaram os braços e subiram juntas à superfície da água, perto do local onde sabiam que ficava o palácio do príncipe. Era construído de pedra amarela brilhante, reluzente, e tinha longos lances de escadas de mármore, um dos quais descia até o mar. Esplêndidas cúpulas douradas se erguiam sobre o telhado, e entre os pilares que cercavam todo o edifício havia estátuas de mármore realistas. Através do vidro claro das janelas altas se viam aposentos nobres, com cortinas de seda caras e tapeçarias e paredes cobertas de belas pinturas. No centro do salão maior, uma fonte lançava seus jatos cintilantes no alto da cúpula de vidro do teto, através da qual o sol brilhava sobre a água e sobre as belas plantas que cresciam na bacia da fonte.

Agora que a pequena sereia sabia onde o príncipe morava, passava muitas tardes e noites na água perto do palácio. Nadava muito mais perto da costa do que qualquer uma das outras havia se aventurado, e uma vez subiu o canal estreito sob a sacada de mármore que lançava uma grande sombra na água. Ali, sentava-se e observava o jovem príncipe, que pensava estar sozinho sob o luar brilhante.

Ela o via muitas vezes no fim de tarde, navegando em um belo barco em que a música soava e bandeiras tremulavam. Espiava por entre os juncos verdes, e, se o vento soprava em seu longo véu branco-prateado, aqueles que o viam acreditavam que era um cisne abrindo as asas.

Muitas noites, também, quando os pescadores lançavam suas redes à luz das tochas, ela os ouvia contar muitas coisas boas sobre o jovem príncipe. E isso a deixava feliz por ter salvado a vida dele quando foi jogado quase morto sobre as ondas. Ela se lembrava de como a cabeça dele repousara em seu peito e de como o beijara com carinho, mas ele não sabia de tudo isso e não podia nem sonhar com ela.

Ela passou a gostar cada vez mais dos seres humanos e desejava cada vez mais poder passear com aqueles cujo mundo parecia ser muito maior que o seu. Eles conseguiam flutuar sobre o mar em navios e subir as altas colinas que ficavam muito acima das nuvens; e as terras que possuíam, seus bosques e seus campos, estendiam-se muito além do alcance da visão dela. Havia tanto que ela desejava saber! Mas suas irmãs eram incapazes de responder a todas as suas perguntas. Ela, então, procurou a velha avó, que sabia tudo sobre o mundo lá de cima, que ela corretamente chamava de "as terras acima do mar".

— Se os seres humanos não se afogam — perguntou a pequena sereia —, podem viver para sempre? Eles também morrem, como nós morremos aqui no mar?

— Sim — respondeu a velha senhora —, eles também morrem, e o prazo de vida deles é ainda mais curto que o nosso. Às vezes vivemos por trezentos anos, mas, quando deixamos de existir aqui, nós nos tornamos apenas espuma na superfície da água e não temos sequer um túmulo entre aqueles que amamos. Não temos almas imortais, nunca mais voltamos a viver. Como a alga verde que, uma vez cortada, nunca mais floresce. Os seres humanos, pelo contrário, têm almas que vivem para sempre, mesmo depois que o corpo deles se transforma em pó. Elevam-se através do ar puro e límpido para além das estrelas cintilantes. Assim como nós saímos da água e contemplamos toda a terra, eles sobem a regiões desconhecidas e gloriosas que nunca veremos.

— Por que não temos almas imortais? — perguntou a pequena sereia com tristeza. — Eu daria de bom grado todas as centenas de anos que tenho para viver em troca de ser humana apenas por um dia e ter a esperança de conhecer a felicidade daquele mundo glorioso acima das estrelas.

— Você não deve pensar assim — disse a velha. — Acreditamos ser muito mais felizes e estarmos em condições muito melhores que os seres humanos.

— Então, vou morrer — disse a pequena sereia —, e, como a espuma do mar, ficar à deriva, nunca mais ouvir a música das ondas ou ver as lindas flores ou o sol vermelho? Existe alguma coisa que eu possa fazer para ganhar uma alma imortal?

— Não — disse a velha. — A menos que um homem a ame tanto que você seja para ele mais que o pai ou a mãe que ele tem, e que todos os pensamentos e todo o amor dele estiverem fixos em você, e o padre coloque a mão direita desse homem na sua e ele prometa ser fiel a você hoje e no futuro... então, a alma dele deslizaria para dentro do seu corpo e você conseguiria uma participação na felicidade futura da humanidade. Ele lhe daria uma alma e reteria a dele também; mas isso nunca poderá acontecer. Sua cauda de peixe, que entre nós é considerada tão bonita, na terra é considerada bastante feia. Eles não sabem de nada e acham necessário, para serem bonitos, ter dois adereços robustos que chamam de pernas.

Então, a pequena sereia suspirou e olhou com tristeza para o rabo de peixe.

— Vamos ser felizes — comentou a velha senhora —, e saltar e pular durante os trezentos anos que temos para viver, o que é realmente bastante tempo. Depois disso, podemos descansar melhor. Esta noite vamos ter um baile na corte.

Era uma daquelas vistas esplêndidas que nunca vemos na terra. As paredes e o teto do grande salão de baile eram de cristal grosso, mas transparente. Muitas centenas de conchas colossais, algumas de um vermelho profundo, outras de um verde-relva, com fogo azul, estavam enfileiradas de cada lado. Elas iluminavam todo o salão e brilhavam através das paredes para que o mar também fosse iluminado. Inúmeros peixes, grandes e pequenos, passavam pelas paredes de cristal; em alguns deles as escamas cintilavam com um brilho púrpura, e em outros reluziam como prata e ouro. Através dos corredores fluía uma corrente larga, e nela dançavam os tritões e as sereias ao som do próprio canto doce.

Ninguém na terra tinha vozes tão lindas como eles, mas a pequena sereia tinha o canto mais doce de todos. Toda a corte a aplaudiu com mãos e caudas, e por um momento seu coração ficou muito alegre, pois ela sabia que tinha a voz mais doce da terra firme e do mar. Mas logo pensou novamente no mundo acima dela; não conseguia esquecer o príncipe encantado, nem sua tristeza por não ter uma alma imortal como a dele. Esgueirou-se em silêncio para fora do palácio do pai e, enquanto tudo lá dentro era alegria e música, sentou-se no pequeno jardim, triste e sozinha. Então, ouviu a corneta ressoar pelas águas e pensou: *Ele certamente está navegando lá em cima; ele, em quem meus desejos se concentram e em cujas mãos eu gostaria de colocar a felicidade da minha vida. Vou arriscar tudo por ele e para conseguir uma alma imortal. Enquanto minhas irmãs dançam no palácio de meu pai, irei à bruxa do mar, de quem sempre tive tanto medo; ela pode me aconselhar e ajudar.*

    A pequena sereia, então, saiu de seu jardim e seguiu o caminho até os redemoinhos espumantes, atrás dos quais vivia a feiticeira. Nunca havia percorrido esse caminho antes. Nem flores nem grama cresciam ali, nada além de solo nu, cinza e arenoso se estendia até o redemoinho, onde a água, como rodas de moinho espumantes, agarrava tudo o que estivesse ao alcance e lançava nas profundezas insondáveis. Antes que pudesse alcançar os domínios da bruxa do mar, a pequena sereia foi obrigada a passar em meio a esses redemoinhos esmagadores. Então, por uma longa distância, a estrada se estendeu por um trecho pantanoso, quente e borbulhante que a bruxa chamava de brejo de turfa.

    Além dele ficava a casa da bruxa, no centro de uma estranha floresta, onde todas as árvores e flores eram pólipos, metade animais e metade plantas. Pareciam serpentes com cem cabeças crescendo do chão. Os galhos eram braços compridos e viscosos, com dedos que pareciam minhocas flexíveis, movendo-se galho após galho, da raiz até a copa. Tudo o que podia ser alcançado no mar eles agarravam e seguravam para que nunca escapasse.

A pequena sereia ficou tão assustada com o que viu que estacou, e seu coração disparou de medo. Ela quase deu meia-volta, mas pensou no príncipe e na alma humana que desejava e sua coragem voltou. Prendeu o cabelo comprido e esvoaçante em volta da cabeça para que os pólipos não o agarrassem. Cruzou as mãos sobre o peito e avançou em disparada como um peixe nada pela água, entre os braços e os dedos flexíveis dos feios pólipos, que se estendiam dos dois lados de si. Viu que todos seguravam nas garras algo que haviam capturado com seus numerosos bracinhos, que eram tão fortes quanto faixas de ferro. Seguros com força em seus braços apertados havia esqueletos brancos de seres humanos que tinham morrido no mar e afundado nas águas profundas; esqueletos de animais terrestres; e remos, lemes e baús de navios. Havia até uma pequena sereia que eles tinham capturado e estrangulado, e isso foi o mais chocante de tudo para a princesinha.

Ela, então, chegou a um espaço de terreno pantanoso na floresta, onde grandes e gordas cobras d'água rolavam na lama e mostravam seus corpos feios e de cor sem graça. No meio desse lugar tinha uma casa, construída com ossos de náufragos humanos. Lá estava sentada a bruxa do mar, dando comida na boca de um sapo, assim como as pessoas às vezes alimentam um canário com torrões de açúcar. Chamava as feias cobras d'água de seus pintinhos e permitia que rastejassem por todo o seu peito.

— Eu sei o que você quer — anunciou a bruxa do mar. — É muita estupidez de sua parte, mas você terá o que deseja, embora isso vá lhe trazer infelicidade, minha linda princesa. Você quer se livrar do seu rabo de peixe e ter dois apoios em vez dele, como os seres humanos na terra, para que o jovem príncipe se apaixone por você e para que você tenha uma alma imortal. — Então a bruxa riu tão alto e de um jeito tão repugnante que o sapo e as cobras caíram no chão e ficaram ali, contorcendo-se.

— Você chegou bem na hora — disse a bruxa —, pois após o nascer do sol de amanhã eu não poderia ajudá-la até o final de mais um ano. Vou preparar uma poção que você deverá levar à terra firme até amanhã antes do nascer do sol; sente-se lá e a beba. Sua cauda desaparecerá e encolherá até virar o que os homens chamam de pernas.

"Você sentirá muita dor, como se uma espada a atravessasse. Mas todos que a encontrarem a partir disso dirão que você é a humana mais bonita que já viram. Ainda terá a mesma graça flutuante de movimento, e nenhuma dançarina jamais terá um caminhar tão leve. Cada passo que der, no entanto, será como se estivesse pisando em facas afiadas, como se fosse sangrar. Se acha que pode aguentar tudo isso, eu a ajudarei."

— Sim, aguento — confirmou a princesinha com voz trêmula, enquanto pensava no príncipe e na alma imortal.

— Mas pense muito bem — alertou a bruxa —, pois quando sua forma se tornar a de um ser humano, não poderá mais ser sereia. Nunca mais voltará nadando até suas irmãs ou até o palácio de seu pai. E se não conquistar o amor do príncipe de modo que ele se esqueça do pai e da mãe por você e a ame com toda a sua alma e permita que o padre junte a mão de vocês para que sejam marido e esposa, então nunca terá uma alma imortal. Na primeira manhã depois que ele se casar com outra, seu coração se partirá e você se tornará espuma na crista das ondas.

— Eu farei isso — disse a pequena sereia, e ficou pálida como a morte.

— Mas também preciso receber um pagamento — disse a bruxa —, e não é uma ninharia o que peço. Você tem a voz mais doce de todos os que moram aqui nas profundezas do mar e acredita que será capaz de encantar o príncipe com ela. Mas você precisa me dar essa voz. Ficarei com a melhor coisa que possui como preço pela minha cara poção, que deve ser misturada a meu próprio sangue para que seja tão afiada quanto uma espada de dois gumes.

— Mas se tirar a minha voz — disse a pequena sereia —, o que restará para mim?

— Sua bela forma, seu andar gracioso e seus olhos expressivos. Certamente com eles poderá acorrentar o coração de um homem. Ora, perdeu a coragem? Ponha para fora sua pequena língua para que eu a corte como pagamento; então, receberá a poderosa poção.

— Que assim seja — disse a pequena sereia.

Então, a bruxa levou seu caldeirão ao fogo para preparar a poção mágica.

— Limpeza é uma coisa boa — disse ela, vasculhando o recipiente com cobras que havia amarrado em um grande nó. Em seguida, espetou-se no peito e deixou o sangue escuro cair no caldeirão. O vapor que subia se retorcia em formas tão horríveis que era impossível olhar para elas sem sentir medo. A cada momento, a bruxa jogava um novo ingrediente no caldeirão e, quando começava a ferver, o som era como o choro de um crocodilo. Quando finalmente a poção mágica ficou pronta, parecia a água mais límpida.

— Aí está, para você — disse a bruxa. Então cortou a língua da sereia para que ela nunca mais falasse ou cantasse. — Se os pólipos pegarem você quando voltar pela floresta — disse a bruxa —, jogue sobre eles algumas gotas da poção, e os dedos deles serão rasgados em mil pedaços. — Mas a pequena sereia não teve motivo para fazê-lo, pois os pólipos recuaram aterrorizados quando avistaram a poção reluzente que brilhava na mão dela como uma estrela cintilante.

Ela então passou rapidamente pela floresta, pelo pântano e entre os redemoinhos. Viu que, no palácio de seu pai, as tochas do salão de baile estavam apagadas e que todos lá dentro dormiam. Não se atreveu, porém, a ir até eles, pois agora que estava muda e os deixaria para sempre, sentia como se seu coração fosse se partir. Entrou furtivamente no jardim, pegou uma flor do canteiro de cada uma de suas irmãs, lançou mil beijos em direção ao palácio e depois subiu através das águas azul-escuras.

O sol ainda não havia nascido quando ela avistou o palácio do príncipe e se aproximou dos belos degraus de mármore, mas a lua ainda brilhava, clara e cintilante. Então, a pequena sereia bebeu a poção mágica, e foi como se uma espada de dois gumes atravessasse seu corpo delicado. Desmaiou e ficou como morta. Quando o sol nasceu e brilhou sobre o mar, ela se recuperou e sentiu uma dor aguda, mas diante dela estava o belo e jovem príncipe.

Ele fixou nela seus olhos pretos como carvão com tanta seriedade que ela baixou o olhar, e então percebeu que sua cauda de peixe havia desaparecido e que tinha um par de pernas brancas e pés minúsculos tão bonitos quanto qualquer pequena donzela poderia ter. Mas não tinha roupas, então se enrolou nos longos e grossos cabelos. O príncipe perguntou quem ela era e de onde vinha. Ela olhou para ele com suavidade e tristeza com aqueles profundos olhos azuis, mas não conseguia falar. Ele a pegou pela mão e a levou até o palácio.

Cada passo que ela dava era como a bruxa havia dito que seria; sentia como se estivesse pisando em pontas de agulhas ou facas afiadas. No entanto, ela aguentou de bom grado e caminhou ao lado do príncipe com a leveza de uma bolha, de modo que ele e todos que a viram se maravilharam com seus movimentos graciosos e flutuantes. Ela logo foi vestida com mantos caros de seda e musselina e era a criatura mais bonita do palácio. Mas estava muda e não conseguia falar nem cantar.

Lindas mulheres escravizadas, vestidas de seda e ouro, deram um passo à frente e cantaram diante do príncipe e de seus majestosos pais. Uma delas cantava melhor que todas as outras, e o príncipe aplaudiu e sorriu para ela. Aquilo causou grande tristeza na pequena sereia, pois ela sabia que já havia sido capaz de cantar muito mais docemente, então pensou: *Ah, se ele soubesse que abri mão de minha voz para sempre para ficar com ele!*

Em seguida, as mulheres escravizadas apresentaram danças de fadas ao som de bela música. Então, a pequena sereia ergueu seus lindos braços brancos, ficou na ponta dos pés, deslizou pelo chão e dançou como ninguém jamais fora capaz de dançar. A cada momento, sua beleza se revelava mais, e seus olhos expressivos apelavam mais diretamente ao coração do que as canções das mulheres escravizadas. Todos ficaram encantados, principalmente o príncipe, que a chamava de seu pequeno achado. Ela dançou de novo com bastante prontidão para agradá-lo, embora, a cada vez que seu pé tocava o chão, parecesse que pisava em facas afiadas.

 O príncipe disse que a sereia deveria ficar sempre com ele, e ela recebeu permissão para dormir à porta do rapaz em uma almofada de veludo. Ele ordenou que um vestido de pajem fosse feito para ela, para que pudesse acompanhá-lo a cavalo. Cavalgaram juntos pelos bosques perfumados, onde galhos verdes tocavam seus ombros e os passarinhos cantavam entre as folhas frescas. Ela subiu com ele até o cume das altas montanhas e, embora seus pés delicados sangrassem tanto que até seus passos ficavam marcados, ela apenas sorria e o seguia até que conseguissem ver as nuvens abaixo deles como um bando de pássaros voando para terras distantes. Enquanto estava no palácio do príncipe, e quando toda a casa dormia, ela se sentava nos largos degraus de mármore, pois banhar seus pés ardentes na água fria do mar aliviava a dor. Era então que ela pensava em todos aqueles que estavam lá embaixo, nas profundezas.

 Certa vez, durante a noite, suas irmãs apareceram de braços dados, cantando com tristeza enquanto flutuavam na água. Ela acenou para elas, e elas a reconheceram e lhe contaram como ela as havia entristecido; depois disso, passaram a ir ao mesmo lugar todas as noites. Uma vez, ela viu ao longe sua velha avó, que por muitos anos não havia subido à superfície do mar, e o velho Rei do Mar, seu pai, com a coroa sobre a cabeça. Eles estenderam as mãos para ela, mas não se aventuraram a chegar tão perto da terra quanto as irmãs haviam feito.

Conforme os dias passavam, ela amava mais ainda o príncipe, e ele a amava como se amaria uma criancinha. Nunca lhe ocorrera a ideia de desposá-la. Mas, a menos que ele se casasse com ela, ela não poderia receber uma alma imortal, e, na manhã seguinte ao casamento dele com outra, ela se dissolveria em espuma do mar.

Você não me ama mais que todas elas?, os olhos da pequena sereia pareceram perguntar quando ele a tomava nos braços e beijava sua testa clara.

— Sim, eu te quero bem — disse o príncipe —, porque você tem o melhor coração e é a mais dedicada a mim. É como uma jovem donzela que vi uma vez, mas que nunca mais encontrarei. Eu estava em um navio que naufragou, e as ondas me jogaram em terra perto de um templo sagrado onde várias jovens donzelas trabalhavam. A mais nova delas me encontrou na praia e salvou minha vida. Eu a vi apenas duas vezes, e ela é a única no mundo que eu poderia amar. Mas você é como ela, e quase tirou a imagem dela da minha mente. Ela pertence ao templo sagrado, e a boa fortuna me enviou você no lugar dela. Nunca vamos nos separar.

Ah, ele não sabe que fui eu que salvei a vida dele, pensou a pequena sereia. *Eu o carreguei sobre o mar até o bosque onde fica o templo; sentei-me sob a espuma das ondas e fiquei o observando até que os seres humanos vieram ajudá-lo. Eu vi a linda donzela que ele ama mais do que me ama.* A sereia suspirou profundamente, mas não podia chorar. *Ele diz que a donzela pertence ao templo sagrado, portanto ela nunca retornará ao mundo, e eles não se encontrarão mais. Estou ao lado dele e o vejo todos os dias. Vou cuidar dele e amá-lo e dar a minha vida por ele.*

Não demorou muito para que determinassem que o príncipe deveria se casar e que a linda filha de um rei vizinho seria sua esposa, portanto um belo navio estava sendo montado. Embora o príncipe declarasse que pretendia apenas fazer uma visita ao rei, todos presumiam que ele iria cortejar a princesa. Um grande grupo deveria ir com ele. A pequena sereia sorriu e negou com a cabeça. Conhecia os pensamentos do príncipe melhor que qualquer outra pessoa.

— Preciso viajar — ele lhe dissera. — Preciso ver essa linda princesa. Meus pais desejam isso, mas não me obrigarão a trazê-la para casa como minha noiva. Não posso amá-la porque ela não é como a bela donzela do templo, com quem você se parece. Se eu fosse obrigado a escolher uma noiva, escolheria você, minha mudinha, meu achado, com esses olhos expressivos. — Então, ele beijou a boca rosada da sereia, brincou com seus longos cabelos ondulados e deitou a cabeça em seu coração enquanto ela sonhava com a felicidade humana e uma alma imortal.

— Você não tem medo do mar, minha garota muda, tem? — perguntou ele quando estavam no convés do nobre navio que iria levá-los ao país do rei vizinho. Então contou a ela sobre tempestade e calmaria, sobre peixes estranhos nas profundezas abaixo deles e sobre o que os mergulhadores tinham visto lá. Ela sorriu ao ouvir as descrições dele, pois sabia melhor que ninguém quais maravilhas havia no fundo do mar.

Na noite de luar, quando todos a bordo dormiam, exceto o homem ao leme, a sereia se sentou no convés, olhando para baixo através da água clara. Pensou que podia distinguir o castelo de seu pai, e sobre ele sua avó idosa, com a coroa de prata na cabeça, olhando através da maré impetuosa para a quilha do navio. Então, suas irmãs subiram nas ondas e olharam para ela com tristeza, torcendo as mãos brancas. Ela acenou e sorriu, e quis contar a elas como estava feliz e bem. Mas o grumete se aproximou e, quando as irmãs dela mergulharam, pensou que o que via era apenas a espuma do mar.

Na manhã seguinte, o navio atracou no porto de uma bela cidade pertencente ao rei que o príncipe visitaria. Os sinos da igreja repicavam, e das altas torres soava um floreio de trombetas. Soldados com cores esvoaçantes e baionetas reluzentes se alinhavam nas estradas por onde passavam. Todo dia era um festival, bailes e entretenimento seguiam-se um ao outro. Mas a princesa ainda não havia aparecido. As pessoas diziam que ela fora criada e educada em uma casa religiosa, onde estava aprendendo todas as virtudes reais.

Por fim, ela chegou. Então, a pequena sereia, que estava ansiosa para ver se ela era realmente bonita, foi obrigada a admitir que nunca tivera uma visão mais perfeita da beleza. A pele dela era delicadamente clara, e sob seus longos e escuros cílios, risonhos olhos azuis brilhavam com verdade e pureza.

— Foi você — disse o príncipe — que salvou minha vida quando eu estava como morto na praia. — E tomou nos braços a noiva, que corava.

— Ah, estou muito feliz! — disse ele à pequena sereia. — Minhas maiores esperanças foram satisfeitas. Você se alegrará com minha felicidade, pois sua devoção a mim é grande e sincera.

A pequena sereia beijou a mão dele e sentiu como se seu coração já estivesse partido. A manhã de núpcias dele traria a morte para ela, que se transformaria na espuma do mar.

Todos os sinos da igreja repicaram, e os arautos cavalgaram pela cidade proclamando o noivado. O óleo perfumado era queimado em caras lanternas de prata em cada altar. Os sacerdotes agitavam os incensários enquanto a noiva e o noivo davam as mãos e recebiam a bênção do bispo. A pequena sereia, vestida de seda e ouro, segurava a cauda da noiva, mas seus ouvidos não escutavam nada da música festiva, e seus olhos não viam a cerimônia sagrada. Pensava na noite de morte que se aproximava e em tudo o que havia perdido no mundo.

Na mesma noite, os noivos embarcaram no navio. Canhões rugiam, bandeiras tremulavam, e no centro do navio uma cara tenda de púrpura e ouro havia sido erguida. Nela havia elegantes sofás para os noivos passarem a noite. O navio, sob um vento favorável, com as velas infladas, deslizou suave e levemente sobre o mar calmo.

Quando escureceu, várias lamparinas coloridas foram acesas, e os marinheiros dançaram alegremente no convés. A pequena sereia não pôde deixar de relembrar sua primeira ida à superfície do mar, quando vira festividades alegres semelhantes, então também se juntou à dança, equilibrou-se no ar como uma andorinha quando persegue sua presa, e todos os presentes a aplaudiram, maravilhados. Ela nunca havia dançado tão graciosamente antes. Seus pés macios pareciam cortados por facas afiadas, mas ela não se importava com a dor; uma pontada ainda mais aguda havia perfurado seu coração.

Sabia que aquela seria a última noite em que veria o príncipe, por quem havia abandonado seus parentes e seu lar. Havia desistido de sua bela voz e sofrido uma dor inaudita dia após dia por ele, que não sabia de nada disso. Aquela seria a última noite em que respiraria o mesmo ar que ele ou contemplaria o céu estrelado e o mar profundo. Uma noite eterna, sem pensamento ou sonho, esperava por ela. A sereia não tinha alma, e agora nunca ganharia uma.

Houve muita alegria e festividade no navio até muito depois da meia-noite. Ela sorriu e dançou com o restante das pessoas, enquanto o pensamento da morte estava em seu coração. O príncipe beijou a linda noiva, e ela brincou com o cabelo preto dele, até que foram de braços dados descansar na suntuosa tenda. Então, tudo ficou silencioso a bordo do navio, e apenas o capitão, que estava no leme, ficou acordado. A pequena sereia apoiou os braços brancos na amurada do navio e olhou na direção leste para o primeiro rubor da manhã – para aquele primeiro raio da aurora que significaria sua morte. Viu suas irmãs saindo da correnteza. Estavam tão pálidas quanto ela, mas seus lindos cabelos não balançavam mais ao vento; tinham sido cortados.

— Demos nossos cabelos à bruxa — disseram elas — para conseguir ajuda para você, para que não morra esta noite. Ela nos deu uma faca; veja, é muito afiada. Antes que o sol nasça, você deve enterrá-la no coração do príncipe. Quando o sangue quente cair sobre seus pés, eles se juntarão de novo em um rabo de peixe, e você será novamente uma sereia e poderá retornar a nós para viver seus trezentos anos antes de se transformar na espuma salgada do mar. Então vá depressa; ou ele ou você deve morrer antes do nascer do sol. Nossa velha avó chora tanto por você que seus cabelos brancos estão caindo, assim como os nossos caíram sob a tesoura da bruxa. Mate o príncipe e volte. Rápido! Não vê as primeiras faixas vermelhas no céu? Em poucos minutos o sol nascerá e você deve morrer.

Então, elas suspiraram profunda e tristemente e afundaram sob as ondas.

A pequena sereia afastou a cortina carmesim da tenda e contemplou a bela noiva, cuja cabeça repousava no peito do príncipe. Abaixou-se e beijou a nobre testa dele, então olhou para o céu, onde a aurora rosada ficava cada vez mais brilhante. Encarou a faca afiada e de novo fixou os olhos no príncipe, que sussurrava o nome de sua noiva em sonhos.

Ela estava nos pensamentos dele, e a faca tremia na mão da pequena sereia; mas ela a arremessou longe, para dentro das ondas. A água ficou vermelha onde a faca caiu, e as gotas que espirraram pareciam sangue. Ela lançou mais um olhar demorado para o príncipe, quase desmaiando, então se jogou do navio ao mar e sentiu o corpo se dissolver em espuma.

O sol ergueu-se sobre as ondas, e seus raios quentes caíram sobre a espuma fria da pequena sereia, que não sentia como se estivesse morrendo. Ela viu o sol brilhante e centenas de criaturas transparentes e lindas flutuando ao redor – conseguia ver através delas as velas brancas dos navios e as nuvens vermelhas no céu. A fala delas era melodiosa, mas não podia ser ouvida por ouvidos mortais – assim como seus corpos não podiam ser vistos por olhos mortais. A pequena sereia percebeu que tinha um corpo como os delas e que continuava a subir cada vez mais alto para fora da espuma.

— Onde estou? — perguntou ela, e sua voz soou etérea, como as vozes daqueles que estavam com ela. Nenhuma música terrena poderia imitá-las.

— Entre as filhas do ar — respondeu uma delas. — Sereias não têm alma imortal, nem podem obtê-la, a menos que conquistem o amor de um ser humano. Seu destino eterno depende da vontade do outro. Mas as filhas do ar, embora não possuam uma alma imortal, podem, por suas boas ações, conseguir uma para si. Voamos para terras quentes e resfriamos o ar abafado que destrói a humanidade com a pestilência. Levamos o perfume das flores para espalhar saúde e restauração.

"Depois de nos esforçarmos por trezentos anos para fazer todo o bem ao nosso alcance, recebemos uma alma imortal e participamos da felicidade dos humanos. Você, pobre sereia, tentou, com todo o coração, fazer o que fazemos. Sofreu, suportou e se elevou ao mundo espiritual por suas boas ações, e agora, lutando por trezentos anos da mesma maneira, pode conseguir uma alma imortal."

A pequena sereia ergueu os olhos admirados para o sol e, pela primeira vez, sentiu-os se encherem de lágrimas.

No navio onde ela deixara o príncipe havia vida e barulho, e ela o viu com sua linda noiva procurando por ela. Com pesar, eles olharam para a espuma perolada, como se soubessem que ela havia se atirado nas ondas. Sem ser vista, ela beijou a testa da noiva e acenou para o príncipe, e então montou com as outras filhas do ar em uma nuvem rosada que flutuava lá em cima.

— Depois de trezentos anos, portanto, flutuaremos para o reino dos céus — disse ela.

— E talvez até cheguemos mais cedo — sussurrou uma de suas companheiras. — Invisíveis, podemos entrar nas casas dos homens onde há crianças, e para cada dia em que encontramos uma boa criança que é a alegria de seus pais e merece o amor deles, nosso tempo de provação é encurtado. A criança não sabe, quando voamos pelo cômodo, que sorrimos de alegria por sua boa conduta – pois podemos contar um ano a menos de nossos trezentos anos. Mas quando vemos uma criança travessa ou má, derramamos lágrimas de tristeza, e para cada lágrima um dia é acrescentado ao nosso tempo de provação.

❖

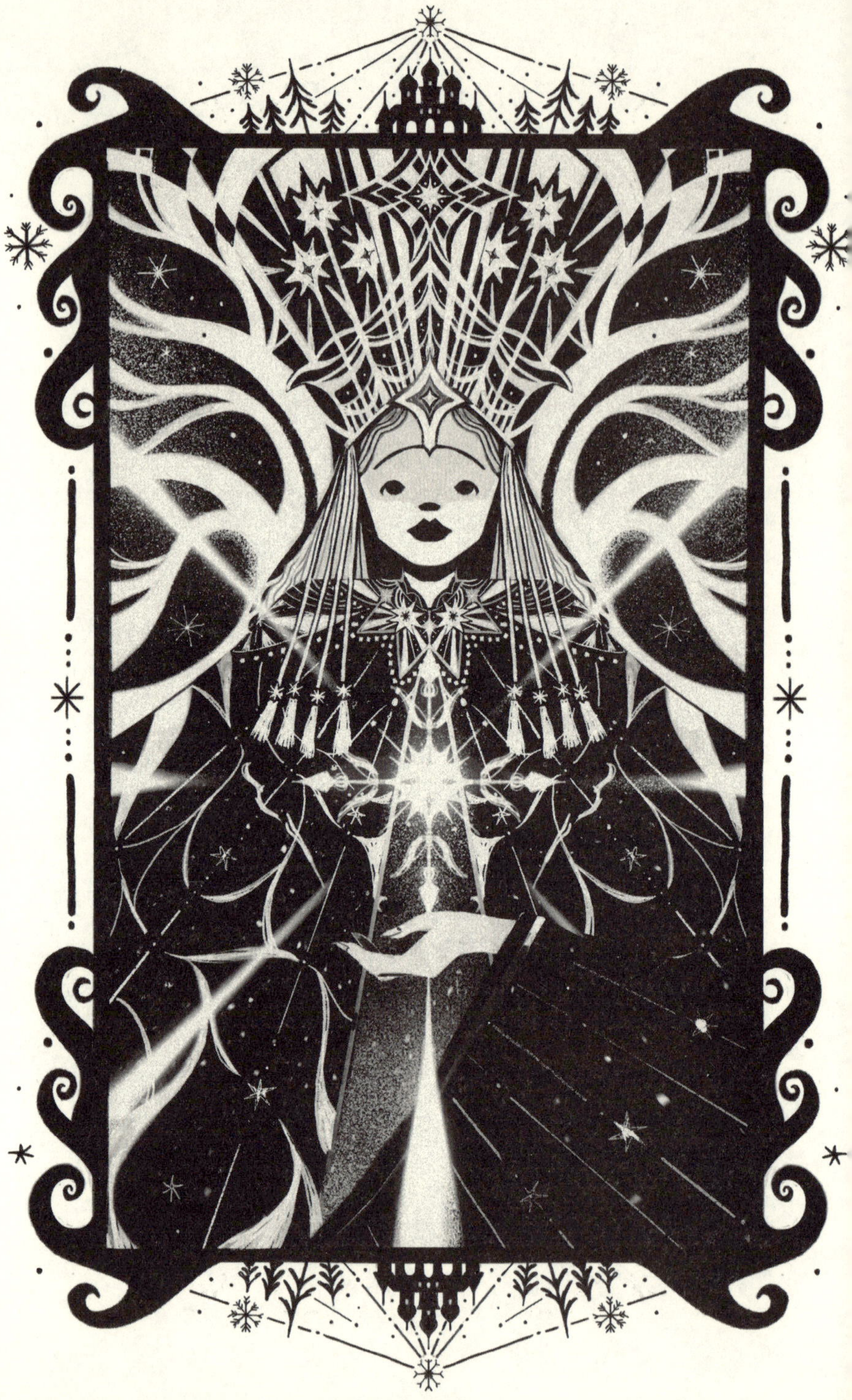

A RAINHA DA NEVE

Hans Christian Andersen

❄ Primeira história ❄
A que descreve um espelho e
seus fragmentos quebrados

Você precisa prestar atenção ao início desta história, pois quando chegarmos ao final dela, saberemos mais do que sabemos agora sobre um duende muito perverso; ele era um dos mais travessos de todos os seres mágicos, pois na verdade era um demônio.

Um dia, quando estava de bom humor, fez um espelho que tinha o poder de fazer com que tudo de bom ou bonito que se refletisse nele fosse reduzido a quase nada, enquanto tudo o que fosse inútil e ruim fosse ampliado para parecer dez vezes pior do que realmente era.

As mais belas paisagens pareciam espinafre cozido, e todas as pessoas ficavam horríveis e pareciam estar de cabeça para baixo e sem corpos. O semblante delas ficava tão distorcido que ninguém conseguia reconhecê-las, e até uma sarda no rosto parecia se espalhar por todo o nariz e pela boca. O demônio dizia que aquilo era muito divertido. Quando um pensamento bom ou sagrado passava pela mente de alguém, uma ruga era vista no espelho, e então o demônio se ria de sua astuta invenção.

Todos que frequentavam a escola do demônio – pois ele tinha uma escola – falavam em todos os lugares das maravilhas que tinham visto e declaravam que agora era possível, pela primeira vez, ver como o mundo e seus habitantes eram de verdade. Levaram o espelho distorcido por toda parte, até que finalmente não houve uma terra nem um povo que não tivesse sido visto através dele.

Quiseram até voar com ele até o céu para ver os anjos, mas, quanto mais alto voavam, mais escorregadio o espelho ficava, a ponto de mal conseguirem segurá-lo. Por fim, o espelho escorregou da mão deles, caiu lá de cima e se partiu em milhões de pedaços.

Agora, porém, o espelho causava mais infelicidade do que nunca, pois alguns dos fragmentos eram menores que um grão de areia e voaram pelo mundo, por todos os países. E quando um desses minúsculos átomos entrava no olho de alguém, ficava preso ali sem que a pessoa soubesse, e a partir de então ela via tudo de maneira distorcida e só conseguia ver o pior lado de tudo que olhasse, pois mesmo o menor fragmento tinha o poder igual ao do espelho inteiro.

Algumas poucas pessoas chegaram a ter uma lasca do espelho no coração, e isso era terrível, pois o coração atingido ficava frio e duro como um pedaço de gelo. Alguns pedaços eram tão grandes que podiam ser usados como vidraça; seria realmente triste olhar para nossos amigos através dela. Outras partes foram transformadas em óculos, e isso era horroroso, pois quem os usava não conseguia ver nada de maneira correta ou justa. O demônio perverso riu de tudo isso até seus flancos tremerem, por ver a travessura que havia feito. Ainda há alguns desses pequenos fragmentos de espelho flutuando pelo ar, e agora você ouvirá o que aconteceu com um deles.

✣ Segunda história ✣
Um menininho e uma menininha

Em uma cidade grande cheia de casas e pessoas, não há espaço para que todos tenham nem mesmo um pequeno jardim. A maioria das pessoas é obrigada a se contentar com algumas flores em um vaso.

Em uma dessas grandes cidades viviam duas crianças pobres que tinham um jardim um pouco maior e melhor que ter só alguns vasos de flores. Não eram irmão e irmã, mas se amavam quase como se fossem. Os pais deles viviam um de frente para o outro, em dois sótãos onde os telhados das casas vizinhas quase se juntavam, e o cano de água passava entre eles. Em cada telhado havia uma janelinha, e qualquer pessoa podia atravessar de uma janela para a outra pela calha.

Os pais de cada uma dessas crianças tinham uma grande caixa de madeira na qual cultivavam vegetais para uso próprio, e em cada caixa havia uma pequena roseira que crescia com exuberância.

Depois de um tempo, os pais decidiram colocar as duas caixas sobre o cano de água, de modo que se estendessem de uma janela à outra e parecessem duas grandes floreiras. Ervilhas-de-cheiro caíam sobre as caixas, e as roseiras brotavam de longos galhos, que se projetavam sobre as janelas e se agrupavam quase como um arco triunfal de folhas e flores.

As caixas ficavam no alto, e as crianças sabiam que não deveriam subir nelas sem permissão, mas muitas vezes tinham autorização para sair e sentar-se em seus banquinhos sob as roseiras ou brincar juntas tranquilamente.

No inverno, todo esse prazer acabava, pois as janelas às vezes ficavam bem congeladas. Mas eles aqueciam moedas de cobre no fogão, seguravam as moedas quentes contra a vidraça congelada e logo surgia um pequeno buraco redondo por onde conseguiam espiar. Os olhos suaves e vivos do menino e da menina brilhavam através de cada janela enquanto se olhavam. Seus nomes eram Kay e Gerda. No verão, bastava pular uma das janelas para estarem juntos, mas, no inverno, precisavam subir e descer a longa escadaria e sair pela neve para se encontrar.

— Vejam! Lá está o enxame de abelhas brancas — comentou a velha avó de Kay um dia, quando nevava.

— Elas têm uma rainha? — perguntou o menino, pois sabia que as verdadeiras abelhas sempre tinham uma rainha.

— Com certeza têm — respondeu a avó. — Ela está voando ali onde o enxame é mais espesso. É a maior de todas e nunca fica na terra, mas voa até as nuvens escuras. Muitas vezes, à meia-noite, ela voa pelas ruas da cidade e respira seu hálito gelado sobre as janelas; então o gelo congela nas vidraças em formas maravilhosas que parecem flores e castelos.

— Sim, eu já vi essas formas — disseram as duas crianças; e sabiam que aquilo devia ser verdade.

— A Rainha da Neve consegue entrar aqui? — perguntou a garotinha.

— Deixa só ela entrar — disse o garoto. — Vou colocá-la no fogão quente e ela vai derreter.

A avó alisou os cabelos dele e lhe contou mais histórias.

Naquela mesma noite, quando o pequeno Kay estava em casa, meio despido, ele subiu em uma cadeira perto da janela e espiou pelo pequeno buraco redondo. Alguns flocos de neve caíam, e um deles, bem maior que os outros, pousou na beira de uma das floreiras. Estranhamente, esse floco de neve foi ficando cada vez maior, até que finalmente assumiu a forma de uma mulher vestida com roupas de um fino tecido branco que pareciam milhões de flocos de neve estrelados interligados. Ela era loira e linda, mas feita de gelo – gelo brilhante e deslumbrante. Ainda assim, tinha vida, e seus olhos cintilavam como estrelas brilhantes, embora não houvesse paz nem descanso neles. Ela apontou com a cabeça na direção da janela e acenou com a mão. O garotinho se assustou e saltou da cadeira, e, no mesmo instante, pareceu que um grande pássaro voava em frente à janela.

No dia seguinte veio uma geada clara, e logo a primavera chegou. O sol brilhava, jovens folhas verdes brotaram, as andorinhas construíram seus ninhos, janelas foram abertas e as crianças se sentaram mais uma vez no jardim do telhado, bem acima de todos os outros cômodos.

Como as rosas floresciam lindamente naquele verão! A menina aprendera um hino que falava de rosas. Pensou nas próprias rosas e cantou o hino para o garotinho, que se juntou a ela:

A rosa florescerá e desaparecerá
O Menino Jesus para sempre ficará
Somos bem-aventurados por seu rosto ver
E para sempre criancinhas vamos ser

Então, os pequeninos se deram as mãos, beijaram as rosas, olharam para o sol brilhante e falaram com ele como se o Menino Jesus estivesse realmente ali. Aqueles foram dias gloriosos de verão. Estava tão lindo e fresco entre as roseiras, que parecia que estas nunca mais deixariam de florescer.

Um dia, Kay e Gerda estavam sentados olhando um livro de figuras de animais e pássaros. Nesse momento, quando o relógio da torre da igreja bateu doze horas, Kay disse:

— Ah, algo atingiu meu coração!

E, logo depois:

— Certamente tem alguma coisa no meu olho.

A garotinha passou o braço em volta do pescoço dele e olhou em seus olhos, mas não conseguiu ver nada.

— Acho que já saiu — disse ele.

Mas não tinha saído; era um daqueles pedaços do espelho, aquele espelho mágico de que falamos; o vidro feio que fazia tudo de grande e bom parecer pequeno e feio, enquanto tudo que fosse perverso e ruim se tornava mais visível, e cada pequena falha podia ser vista claramente. O pobre Kay também recebeu uma pequena lasca no coração, que rapidamente se transformou em um pedaço de gelo. Ele não sentia mais dor, mas o pedaço de vidro ainda estava lá.

— Por que está chorando? — disse ele por fim. — Faz você ficar feia. Não tem mais nada de errado comigo. Ah, que porcaria! — gritou de repente. — Aquela rosa está carcomida, e esta aqui está bastante torta. No fim das contas, são rosas horríveis, assim como a caixa em que estão.

Então, ele chutou as caixas e arrancou as duas rosas.

— Ora, Kay, o que você está fazendo? — gritou a garotinha. Então, quando ele viu como ela estava triste, arrancou outra rosa e pulou pela janela, para longe da doce e pequena Gerda.

Quando, mais tarde, ela levou o livro ilustrado, ele disse:

— Esse livro é pra bebês que usam camisolões.

E quando a avó contava histórias, ele a interrompia com "mas"; ou, às vezes, quando conseguia, punha-se atrás da cadeira dela, colocava um par de óculos e a imitava muito habilmente para fazer as pessoas rirem. Aos poucos, começou a imitar a fala e o andar das pessoas na rua. Tudo o que era peculiar ou desagradável em uma pessoa ele imitava sem pestanejar, e as pessoas diziam:

— Esse menino será muito inteligente, tem um gênio notável.

Mas eram o pedaço de vidro em seu olho e a frieza em seu coração que o faziam agir daquele jeito. Provocava até a pequena Gerda, que o amava de todo o coração.

Suas brincadeiras também ficaram bem diferentes, não eram mais tão infantis. Em um dia de inverno, quando nevou, ele pegou um espelho ustório e, estendendo a aba de seu casaco azul, deixou os flocos de neve caírem sobre ele.

— Olhe nesta lente, Gerda — disse ele, e ela viu como cada floco de neve foi ampliado e parecia uma linda flor ou uma estrela brilhante.

— Não é esperto e muito mais interessante que ver as flores de verdade? — perguntou Kay. — Não há uma única falha aqui. Os flocos de neve são perfeitos até começarem a derreter.

Logo depois, Kay apareceu com luvas grandes e grossas e um trenó nas costas. Chamou Gerda no andar de cima:

— Tenho permissão para ir até a grande praça, onde os outros meninos brincam e andam de trenó.

E foi embora.

Na grande praça, os meninos mais ousados muitas vezes amarravam seus trenós nas carroças dos camponeses e assim pegavam carona. Isso era excelente. Mas enquanto todos se divertiam, e Kay com eles, um grande trenó passou; era pintado de branco, e nele estava sentado alguém envolto em um áspero casaco de pele branco, usando um gorro branco. O trenó deu duas voltas na praça, e Kay prendeu seu pequeno trenó nele para que, quando se afastasse, ele o acompanhasse. O trenó foi cada vez mais rápido, atravessando a rua seguinte, e a pessoa que o dirigia se virou e assentiu com a cabeça agradavelmente para Kay, como se eles se conhecessem bem; mas sempre que Kay queria soltar seu pequeno trenó, o cocheiro se virava e assentia com a cabeça, como se quisesse dizer que ele deveria ficar, então Kay se aquietou, e eles atravessaram o portão da cidade.

Então, a neve começou a cair com tanta força que o menininho não conseguia ver um palmo à frente do nariz, e mesmo assim eles seguiram. De repente, ele afrouxou a corda para que o grande trenó pudesse continuar sem ele, mas foi inútil; sua pequena carruagem se manteve firme, e eles continuaram rápidos como o vento. Então gritou bem alto, mas ninguém o ouviu, e a neve o castigava, e o trenó avançava com rapidez. De vez em quando o transporte dava um pulo, como se estivessem passando por cima de sebes e valas. O menino ficou assustado e tentou fazer uma oração, mas não conseguia se lembrar de nada além da tabuada.

Os flocos de neve ficaram cada vez maiores, até parecerem grandes pássaros brancos. De repente, houve um salto para um lado, o grande trenó parou, e a pessoa que o havia conduzido se levantou. A pele e o gorro, que eram feitos inteiramente de neve, caíram, e ele viu uma mulher, alta e branca; era a Rainha da Neve.

— Fizemos boa viagem — disse ela —, mas por que está tremendo tanto? Aqui, entre no meu casaco quente.

Então, ela o sentou ao lado dela no trenó, e, enquanto enrolava a pele ao redor dele, o garoto sentiu como se estivesse afundando em um monte de neve.

— Você ainda está com frio? — perguntou ela, enquanto beijava a testa do menino. O beijo foi mais frio que gelo; atingiu diretamente seu coração, que já era quase um pedaço de gelo. Ele sentiu como se fosse morrer, mas apenas por um momento – logo parecia muito bem e parou de perceber o frio ao seu redor.

Meu trenó! Não se esqueça do meu trenó, foi seu primeiro pensamento, e então ele viu que estava bem amarrado a um dos pássaros brancos que voavam atrás dele. A Rainha da Neve beijou novamente o pequeno Kay e, a essa altura, ele já havia esquecido a pequena Gerda, sua avó e todos em casa.

— Você não vai mais receber nenhum beijo a partir de agora — avisou ela —, senão corre o risco de morrer.

Kay olhou para ela. Era tão linda que ele não conseguia imaginar um rosto mais belo; não parecia mais feita de gelo como na vez que a vira pela janela e ela acenara para ele.

Aos olhos dele, ela era perfeita; não sentia medo nenhum dela. Informou-a que sabia fazer aritmética de cabeça até as frações e que sabia a quantidade de quilômetros quadrados e o número de habitantes do país. Ela sorriu, e só então ocorreu a ele que a rainha achava que ele ainda não sabia muita coisa.

Olhou ao redor da vasta extensão enquanto ela voava cada vez mais alto com ele sobre uma nuvem negra, enquanto a tempestade soprava e uivava como se estivesse entoando canções de tempos antigos. Voaram sobre bosques e lagos, sobre mar e terra; abaixo deles rugia o vento selvagem, lobos uivavam e a neve estalava; sobre eles voavam os corvos pretos, gritando, e acima de tudo isso brilhava a lua, clara e brilhante – e assim Kay passou pela longa, longa noite de inverno e, de dia, dormia aos pés da Rainha da Neve.

❋ Terceira história ❋
O jardim encantado

Mas como ficou a pequena Gerda na ausência de Kay?

O que havia acontecido com ele ninguém sabia, nem podia dar a menor informação, exceto os meninos, que disseram que ele havia amarrado seu trenó a outro muito grande, atravessando a rua e saindo pelos portões da cidade. Ninguém sabia para onde ele havia ido. Muitas lágrimas foram derramadas por ele, e a pequena Gerda chorou amargamente por muito tempo. Disse que sabia que ele provavelmente estava morto, que havia se afogado no rio que corria perto da escola. Os longos dias de inverno foram muito tristes. Mas, por fim, a primavera chegou com o sol quente e brilhante.

— Kay está morto e enterrado — disse a pequena Gerda.

— Não acredito nisso — disse o raio de sol.

— Ele está morto e enterrado — comentou ela com os pardais.

— Não acreditamos nisso — responderam eles, e, por fim, a pequena Gerda também começou a duvidar.

— Vou colocar meus novos sapatos vermelhos — disse ela certa manhã —, aqueles que Kay nunca viu, e depois vou descer até o rio e perguntar por ele.

Era bem cedo quando ela beijou a velha avó, que ainda dormia; depois, calçou os sapatos vermelhos e saiu, sozinha, pelo portão da cidade, em direção ao rio.

— É verdade que você levou meu companheirinho de brincadeiras para longe de mim? — perguntou ela ao rio. — Dou meus sapatos vermelhos a você se devolvê-lo.

E pareceu que as ondas acenavam para ela de uma maneira estranha. Então, tirou os sapatos vermelhos, dos quais gostava mais que de qualquer outra coisa, e jogou os dois no rio, mas eles caíram perto da margem, e as pequenas ondas os levaram de volta para a terra como se o rio não fosse tirar dela o que mais amava porque não podia devolver o pequeno Kay.

Mas ela achou que os sapatos não tinham sido jogados longe o suficiente. Então, entrou em um barco que estava entre os juncos e jogou os sapatos novamente da outra extremidade do barco na água, mas a embarcação não estava presa, e o movimento dela a fez deslizar para longe da terra. Quando percebeu o que tinha acontecido, apressou-se a chegar à ponta do barco, mas antes que conseguisse alcançá-la, estava a mais de um metro da margem e se afastando muito rapidamente.

A pequena Gerda ficou muito assustada. Começou a chorar, mas ninguém a ouvia, exceto os pardais, e eles não podiam carregá-la para a terra, mas a acompanharam voando pela praia e cantaram para consolá-la:

— Estamos aqui! Estamos aqui!

O barco flutuava com a corrente, e a pequena Gerda se sentou e ficou bem quieta, só com as meias nos pés; os sapatos vermelhos flutuavam atrás dela, mas ela não conseguia alcançá-los, pois o barco estava muito à frente.

As margens de ambos os lados do rio eram muito bonitas. Havia belas flores, velhas árvores, campos inclinados onde pastavam vacas e ovelhas, mas não se via nenhum ser humano.

Talvez o rio me leve até o pequeno Kay, pensou Gerda, e então ficou mais alegre, ergueu a cabeça e olhou para as belas margens verdejantes; e assim o barco navegou por horas. Por fim, chegou a um grande pomar de cerejeiras no qual havia uma pequena casa com estranhas janelas vermelhas e azuis. Também tinha um telhado de palha, e do lado de fora havia dois soldados de madeira que lhe apresentaram armas enquanto ela passava. Gerda os chamou, pois pensou que estivessem vivos; mas é claro que eles não responderam e, à medida que o barco se aproximava da margem, ela viu o que realmente eram.

Então Gerda chamou ainda mais alto e da casa saiu uma senhora muito velha apoiada numa muleta. Ela usava um grande chapéu para se proteger do sol e nele estavam pintados todos os tipos de flores bonitas.

— Pobre criancinha — disse a velha —, como conseguiu chegar tão longe no vasto mundo em um riacho tão rápido e agitado?

Em seguida, a velha entrou na água, prendeu o barco com sua muleta, puxou-o para a terra e tirou dele a pequena Gerda, que ficou feliz por se sentir novamente em terra firme, embora estivesse com um pouco de medo da velha estranha.

— Venha e me diga quem você é — disse ela —, e como veio parar aqui.

Então, Gerda contou tudo a ela enquanto a velha balançava a cabeça e dizia: "Aham"; e quando Gerda terminou, perguntou à velha se ela não tinha visto o pequeno Kay. Ela disse que ele não havia passado por ali, mas que provavelmente passaria. Disse a Gerda que não ficasse triste, mas que provasse as cerejas e olhasse as flores; eram melhores que qualquer livro ilustrado, pois cada uma delas podia contar uma história. Tomou Gerda pela mão, levou-a para dentro da casinha e fechou a porta. As janelas eram muito altas e, como as vidraças eram vermelhas, azuis e amarelas, a luz do dia brilhava através delas em todos os tipos de cores singulares. Sobre a mesa estavam lindas cerejas, e Gerda teve permissão para comer quantas quisesse. Enquanto a garota comia, a velha penteava seus longos cabelos loiros com um pente de ouro, e os cachos brilhantes pendiam de cada lado do rostinho redondo e agradável, que parecia fresco e florescente como uma rosa.

— Há muito tempo desejo uma criadinha querida como você — comentou a velha —, e agora você vai ter que ficar comigo. Verá como viveremos felizes juntas.

E, enquanto a mulher penteava o cabelo da pequena Gerda, a criança pensava cada vez menos no irmão adotivo Kay, pois a velha era uma feiticeira, embora não fosse uma bruxa malvada; ela fazia apenas conjurações leves para se divertir e, naquele momento, porque queria ficar com Gerda. Então foi ao jardim e estendeu a muleta para todas as roseiras, por mais belas que fossem, e elas imediatamente afundaram na terra escura, de modo que ninguém pudesse dizer onde haviam estado. A velha tinha medo de que, se a pequena Gerda visse as rosas, se lembrasse das que estavam em casa e depois do pequeno Kay e acabasse fugindo.

Então, a mulher levou Gerda para o jardim. Como era perfumado e lindo! Cada flor que se pudesse imaginar para cada estação do ano estava aqui em plena floração; nenhum livro ilustrado podia ter cores mais bonitas. Gerda pulou de alegria e brincou até o sol se pôr atrás das altas cerejeiras; depois dormiu numa cama elegante, com travesseiros de seda vermelha bordados com violetas coloridas, e teve sonhos tão agradáveis como os de uma rainha no dia do casamento.

No dia seguinte, e por muitos dias depois, Gerda brincou com as flores ao sol quente. Conhecia todas as flores e, no entanto, embora fossem tantas, parecia que faltava alguma, mas não sabia dizer qual. Um dia, porém, enquanto olhava para o chapéu da velha com as flores pintadas, viu que a mais bonita de todas era uma rosa. A velha tinha esquecido de tirá-la do chapéu quando fizera todas as rosas afundarem na terra. Mas é mesmo difícil manter os pensamentos em tudo, e um pequeno erro perturba todos os arranjos.

— O quê? Não há rosas aqui? — gritou Gerda, e correu para o jardim e examinou todos os canteiros, e procurou e procurou. Não encontrou nenhuma. Então sentou-se e chorou, e suas lágrimas caíram exatamente no lugar onde uma das roseiras havia afundado. As lágrimas mornas umedeceram a terra, e a roseira brotou imediatamente, tão florida como quando havia afundado; e Gerda a abraçou e beijou as rosas e pensou nas lindas rosas que havia em sua casa e, com elas, no pequeno Kay.

— Ah, como me atrasaram! — disse a criadinha. — Queria procurar o pequeno Kay. Vocês sabem onde ele está? — perguntou às rosas. — Acham que ele está morto?

E as rosas responderam:

— Não, ele não está morto. Estivemos no solo, onde estão todos os mortos, mas Kay não está lá.

— Obrigada — disse a pequena Gerda.

Então foi até as outras flores, olhou para os vasinhos e perguntou:

— Sabem onde está o pequeno Kay?

Mas cada flor ao sol sonhava apenas com seu pequeno conto de fadas ou história. Nenhuma sabia nada de Kay. Gerda ouviu muitas histórias das flores enquanto perguntava a uma após a outra sobre ele.

Em seguida, correu para o outro lado do jardim. A porta estava trancada, mas ela fez pressão contra a trava enferrujada, que cedeu. A porta se abriu e a pequena Gerda saiu correndo descalça para o vasto mundo. Olhou para trás três vezes, mas ninguém parecia segui-la. Por fim, não conseguiu mais correr, então se sentou para descansar em uma grande pedra e, quando olhou ao redor, viu que o verão havia acabado, e o outono já avançava muito. Ela não havia percebido nada disso no belo jardim, onde o sol brilhava e as flores cresciam o ano todo.

— Ah, como perdi tempo! — lamentou a pequena Gerda. — É outono, e não posso descansar mais. — Levantou-se para continuar. Mas seus pezinhos estavam feridos e doloridos, e tudo ao seu redor parecia frio e sombrio. As longas folhas do salgueiro estavam bem amarelas, as gotas de orvalho caíam como água, folha após folha caía das árvores; só o espinheiro do abrunho ainda dava frutos, mas os abrunhos estavam azedos e deixavam a boca amarrada. Ah, como o mundo inteiro parecia escuro e cansado!

❊ Quarta história ❊
O príncipe e a princesa

Gerda foi obrigada a descansar de novo, e, bem em frente ao lugar onde se sentou, viu um grande corvo que vinha saltitando em sua direção pela neve. O pássaro ficou olhando para ela por algum tempo, e em seguida balançou a cabeça e disse:

— Cró, cró, bom dia, bom dia.

Ele pronunciou as palavras o mais claramente que pôde porque pretendia ser gentil com a garotinha, e perguntou a ela para onde estava indo sozinha no vasto mundo.

Gerda entendeu a palavra "sozinha" muito bem, e sentiu o quanto ela expressava. Então contou ao corvo toda a história de sua vida e de suas aventuras e perguntou se ele tinha visto o pequeno Kay.

O corvo assentiu com a cabeça de um jeito muito solene e disse:

— Talvez eu o tenha visto... pode ser.

— Não! Você acha mesmo que o viu? — exclamou a pequena Gerda, e beijou o corvo e o abraçou de alegria quase até matá-lo.

— Calma, calma — disse o corvo. — Acho que sei. Acho que talvez seja o pequeno Kay, mas ele com certeza já se esqueceu de você a essa altura por causa da princesa.

— Ele mora com uma princesa? — perguntou Gerda.

— Sim, veja só — respondeu o corvo. — Mas é tão difícil falar a sua língua. Se você entender a linguagem dos corvos, posso explicar melhor. Você entende?

— Não, nunca aprendi — disse Gerda —, mas minha avó entende e costumava falar comigo. Eu queria ter aprendido.

— Não importa — comentou o corvo. — Vou explicar o melhor que puder, mas vai ser muito ruim.

E ele lhe contou o que tinha ouvido:

— Neste reino onde estamos agora — disse ele — vive uma princesa que é tão maravilhosamente inteligente que leu todos os jornais do mundo... e os esqueceu também, embora seja tão inteligente.

"Há pouco tempo, estava ela em seu trono, que as pessoas dizem não ser um assento tão agradável como se supõe, quando começou a entoar uma canção que começa com estas palavras: *'Por que não deveria me casar?'*

"'Ora, por que não?', disse ela, e assim decidiu se casar se encontrasse um marido que soubesse o que dizer quando falassem com ele, e não um que só parecesse grandioso, pois isso era muito cansativo. Reuniu todas as damas da corte às batidas do tambor e, quando souberam de suas intenções, ficaram muito satisfeitas.

"'Estamos muito felizes em saber disso', disseram elas. 'Estávamos conversando sobre isso outro dia.'

"E você pode acreditar que cada palavra que eu digo é verdade", disse o corvo, interrompendo a narrativa momentaneamente, "pois tenho uma namorada domesticada que pula livremente pelo palácio, e ela me contou tudo isso."

Claro que a namorada dele era uma corva, pois "pássaros da mesma plumagem voam juntos", e um corvo sempre escolhe outro corvo. O corvo continuou:

— Jornais foram publicados imediatamente com uma borda de corações e as iniciais da princesa entre eles.

Avisavam que todo jovem bonito estava livre para visitar o castelo e falar com a princesa, e aqueles que pudessem responder alto o suficiente para serem ouvidos quando abordados poderiam se sentir em casa no palácio, e aquele que falasse melhor seria escolhido como marido pela princesa. Sim, sim, pode acreditar em mim. É tudo tão verdadeiro quanto minha presença aqui – reafirmou o corvo, e continuou: — As pessoas vieram em multidão. Houve muita confusão e correria, mas ninguém teve sucesso no primeiro nem no segundo dia. Conseguiam falar muito bem enquanto estavam do lado de fora, nas ruas, mas quando entravam pelos portões do palácio e viam os guardas em seus uniformes prateados e os lacaios em suas librés douradas na escada e nos grandes salões iluminados, ficavam bastante confusos. E quando chegavam diante do trono em que a princesa estava sentada, não conseguiam fazer nada além de repetir as últimas palavras já ditas pela princesa, que não tinha nenhum desejo particular de ouvir suas próprias palavras de novo. Era como se todos tivessem tomado alguma coisa que os deixasse sonolentos enquanto estavam no palácio, pois não se recuperavam nem falavam até voltarem para a rua. Havia uma longa fila deles, indo do portão da cidade até o palácio.

"Eu mesmo fui vê-los. Eles estavam com fome e com sede, pois no palácio nem um copo d'água recebiam.

Alguns dos mais sábios haviam levado fatias de pão com manteiga, mas não compartilharam com os colegas; pensaram que, se os outros fossem até a princesa com fome, haveria uma chance melhor para eles."

— Mas e Kay? Conte-me sobre o pequeno Kay! — disse Gerda. — Ele estava na multidão?

— Espere um pouco, vamos chegar a ele. Foi no terceiro dia que veio marchando alegremente para o palácio um pequeno personagem sem cavalos nem carruagem, os olhos brilhando como os seus. Tinha lindos cabelos longos, mas as roupas eram muito pobres.

— Era o Kay — disse Gerda, alegremente. — Ah, então eu o encontrei! — E bateu palmas.

— Ele tinha uma mochilinha nas costas — acrescentou o corvo.

— Não, devia ser o trenó dele — disse Gerda —, pois Kay foi embora com ele.

— Pode ser — disse o corvo. — Não vi muito de perto. Mas sei, por minha amada domesticada, que ele passou pelos portões do palácio, e viu os guardas em seu uniforme prateado e os criados em suas librés douradas nas escadas, mas não ficou nem um pouco constrangido.

"'Deve ser muito cansativo ficar em pé na escada', disse ele. 'Prefiro entrar.'

"As salas chamejavam com luz; conselheiros e embaixadores andavam descalços carregando vasos de ouro; era o suficiente para transmitir solenidade a qualquer um. As botas dele rangiam alto enquanto andava, e mesmo assim ele não ficou nem um pouco inquieto."

— Devia ser o Kay — disse Gerda. — Sei que ele estava usando botas novas. Eu as ouvia ranger no quarto da vovó.

— Elas rangiam mesmo — constatou o corvo —, mas ele foi corajosamente até a própria princesa, que estava sentada em uma pérola do tamanho de uma roca. E todas as damas da corte estavam presentes com suas criadas e todos os cavaleiros, com seus cavalariços, e cada uma das criadas tinha outra criada para servi-la, e os cavalariços dos cavaleiros tinham seus próprios servos, além de um pajem cada. Estavam todos em um círculo ao redor da princesa, e quanto mais perto da porta, mais orgulhosos pareciam. Os pajens dos criados, que sempre usavam chinelos, mal conseguiam ser vistos, de tão orgulhosos que os outros se empertigavam junto à porta.

— Deve ter sido horrível — disse a pequena Gerda. — Mas Kay ficou com a princesa?

— Se eu não fosse um corvo — disse ele —, eu mesmo teria me casado com ela, embora esteja noivo. Ele falou tão bem quanto eu quando falo a língua dos corvos. Ouvi isso da minha namorada domesticada. Foi bastante espontâneo e agradável e disse que não estava lá para cortejar a princesa, mas para ouvir sua sabedoria. E ficou tão satisfeito com ela quanto ela com ele.

— Ah, certamente era Kay — disse Gerda. — Ele era tão inteligente, conseguia fazer aritmética e frações de cabeça. Ah, você pode me levar até o palácio?

— É muito fácil pedir isso — respondeu o corvo —, mas como faríamos isso acontecer? De qualquer modo, vou falar sobre isso com minha amada domesticada e pedir um conselho para ela, pois, devo lhe dizer, será muito difícil conseguir permissão para uma garotinha como você entrar no palácio.

— Ah, mas vou conseguir permissão facilmente — disse Gerda —, pois quando Kay souber que cheguei, vai sair e me buscar imediatamente.

— Espere por mim aqui perto das paliçadas — instruiu o corvo, balançando a cabeça enquanto voava para longe.

Já era tarde da noite quando o corvo voltou.

— Cró, cró! — crocitou ele. — Ela lhe manda uma saudação, e aqui está um pãozinho que pegou na cozinha para você. Tem muito pão lá, e ela acha que você deve estar com fome. Não será possível você entrar no palácio pela entrada da frente. Os guardas de uniforme prateado e os criados de libré dourada não permitiriam. Mas não chore, vamos conseguir fazer você entrar. Minha namorada sabe onde encontrar a chave para uma escadinha nos fundos que leva aos aposentos de dormir.

Então foram para o jardim pela grande alameda, onde as folhas caíam uma após a outra, e puderam ver as luzes do palácio sendo apagadas também uma após a outra. E o corvo levou a pequena Gerda até uma porta dos fundos que estava aberta. Ah, como o coração dela palpitava de ansiedade e saudade! Era como se fosse fazer algo errado, mas só queria saber onde o pequeno Kay estava.

Deve ser ele, pensou ela, com aqueles olhos claros e os cabelos compridos.

Conseguia imaginar que o via sorrindo para ela como costumava fazer em casa quando se sentavam entre as rosas. Ele certamente ficaria feliz em vê-la, em saber da longa distância que ela havia percorrido por causa dele e o quanto todos estavam tristes em casa porque ele não havia voltado. Ah, que alegria e, ainda assim, que medo ela sentiu!

Estavam agora na escada, e, em um pequeno armário no topo, uma lamparina estava acesa. No meio da sala estava a corva domesticada, virando a cabeça de um lado para o outro e olhando para Gerda, que fez uma reverência como a avó lhe ensinara.

— Meu noivo falou muito bem de você, minha senhorinha — disse a corva. — Sua história é muito tocante. Se pegar a lâmpada, andarei à sua frente. Iremos direto por este caminho; não encontraremos ninguém.

— Sinto como se alguém estivesse atrás de nós — disse Gerda quando algo passou por ela como uma sombra na parede; então lhe pareceu que cavalos com crinas voadoras e pernas finas, caçadores, damas e cavalheiros no lombo de cavalos deslizavam por ela como sombras.

— São apenas sonhos — explicou a corva domesticada. — Estão vindo até aqui para levar os pensamentos de grandes pessoas para caçar. Tanto melhor, pois se os pensamentos deles estiverem caçando, poderemos observá-los da cama com mais segurança. Espero que, quando você ascender à honra e cair em boas graças, mostre um coração agradecido.

— Pode ter certeza disso — disse o corvo da floresta.

Chegaram então ao primeiro salão, cujas paredes estavam decoradas de cetim cor-de-rosa bordado com flores artificiais. Ali, os sonhos novamente esvoaçaram por eles, mas tão rapidamente que Gerda não conseguia distinguir as pessoas da realeza. Cada salão parecia mais esplêndido que o anterior. Era o suficiente para confundir qualquer um. Por fim, chegaram a um quarto. O teto era como uma grande palmeira, com folhas de vidro do cristal mais caro, e no centro havia duas camas, cada uma parecendo um lírio, penduradas em uma haste de ouro. Uma, na qual estava a princesa, era branca; a outra era vermelha. E era nessa que Gerda devia procurar pelo pequeno Kay.

Empurrou uma das folhas vermelhas para o lado e viu um pequeno pescoço moreno. Ah, deve ser Kay! Chamou o nome dele em voz alta e segurou a lamparina sobre ele. Os sonhos voltaram para o quarto galopando. Ele acordou e virou a cabeça – não era o pequeno Kay! O príncipe apenas se parecia com ele; mas também era jovem e bonito. De sua cama de lírio branco espiou a princesa e perguntou qual era o problema. A pequena Gerda chorou e contou sua história e tudo o que os corvos haviam feito para ajudá-la.

— Pobre criança — disseram o príncipe e a princesa; então elogiaram os corvos e disseram que não estavam zangados com eles pelo que haviam feito, mas que aquilo não deveria se repetir, e que desta vez eles deveriam ser recompensados.

— Gostariam de receber a liberdade? — perguntou a princesa. — Ou preferem ser elevados à posição de corvos da corte, com tudo o que sobrar na cozinha para vocês?

Então, os dois corvos se curvaram e imploraram para ter um cargo fixo, pois pensavam em sua velhice, e seria tão confortável, diziam, sentir que haviam feito reservas para tal momento.

Assim, o príncipe saiu de sua cama e a cedeu a Gerda – era o máximo que ele podia fazer –, e ela se deitou. Cruzou as mãozinhas e pensou: *Como todos são bons para mim, tanto os homens quanto os animais*; em seguida, fechou os olhos e caiu em um sono doce. Todos os sonhos voltaram voando para ela, parecendo anjos agora, e um deles puxava um pequeno trenó no qual estava Kay, que acenava para ela. Mas tudo foi apenas um sonho. Desapareceu assim que ela acordou.

No dia seguinte ela foi vestida da cabeça aos pés em seda e veludo e convidada a ficar no palácio por alguns dias e se divertir, mas ela apenas implorou por um par de botas, uma carruagem e um cavalo para puxá-la, para que pudesse sair pelo mundo à procura de Kay.

Recebeu não apenas botas, mas um regalo, e foi vestida elegantemente; e quando estava pronta para ir, na porta encontrou uma carruagem feita de ouro puro com o brasão de armas do príncipe e da princesa brilhando sobre ela como uma estrela, e o cocheiro, o lacaio e os batedores todos usavam coroas de ouro. O príncipe e a princesa ajudaram-na a entrar na carruagem e lhe desejaram sucesso.

O corvo da floresta, agora casado, acompanhou-a nos primeiros cinco quilômetros; sentou-se ao lado de Gerda, pois não suportava andar de costas. A corva domesticada ficou na porta, batendo as asas. Ela não podia ir com eles porque desde a nova nomeação vinha sofrendo de dor de cabeça, sem dúvida por comer demais. A carruagem estava bem guarnecida com bolos, doces e, sob o assento, frutas e biscoitos de gengibre.

— Adeus, adeus — gritaram o príncipe e a princesa, e a pequena Gerda chorou, e o corvo chorou; e, depois de alguns quilômetros, o corvo também se despediu, e essa despedida foi ainda mais triste. Mas ele voou para uma árvore e ficou batendo as asas pretas enquanto podia ver a carruagem, que brilhava como um raio de sol.

✤ Quinta história ✤
A pequena ladra

A carruagem atravessou uma floresta densa, iluminando o caminho como uma tocha, e deslumbrou os olhos de alguns ladrões, que não aguentaram deixá-la passar sem molestá-la.

— É ouro! É ouro! — gritaram eles, correndo à frente e agarrando os cavalos. Então, mataram os pequenos cavaleiros, o cocheiro e o lacaio, e tiraram a pequena Gerda da carruagem.

— Ela é gordinha e bonita. Foi alimentada com grãos de nozes — disse a velha ladra, que tinha uma longa barba e sobrancelhas que pendiam sobre os olhos. —

Ela é tão boa quanto um cordeiro gordo. Que gosto bom deve ter! — E, ao dizer isso, puxou uma faca brilhante, que cintilava horrivelmente. — Ah! — gritou a velha no mesmo instante, pois sua filha, que a segurava, havia mordido sua orelha. — Sua menina malvada — disse a mãe, e não teve tempo de matar Gerda.

— Ela vai brincar comigo — disse a pequena ladra. — Vai me dar seu regalo e seu lindo vestido, e vai dormir comigo na minha cama.

E mordeu a mãe novamente, e todos os ladrões riram.

— Vou dar uma volta na carruagem — disse a pequena ladra, e fazia o que queria, pois era voluntariosa e obstinada.

Ela e Gerda sentaram-se na carruagem e partiram sobre tocos e pedras até as profundezas da floresta. A pequena ladra era mais ou menos do mesmo tamanho que Gerda, mas mais forte; tinha ombros mais largos e pele mais escura; seus olhos eram bem pretos, e ela tinha um olhar triste. Pegou a pequena Gerda pela cintura e disse:

— Eles não vão matá-la contanto que não me irrite. Acho que você é uma princesa.

— Não — disse Gerda, e então lhe contou toda a sua história e como ela gostava do pequeno Kay.

A pequena ladra olhou para ela com seriedade, assentiu levemente com a cabeça e disse:

— Eles não vão te matar mesmo que eu fique com raiva de você, pois eu mesma farei isso.

Em seguida, enxugou os olhos de Gerda e colocou as mãos dentro do lindo regalo, que era muito macio e quente.

A carruagem parou no pátio do castelo de um ladrão, cujas paredes estavam cheias de rachaduras de cima a baixo. Corvos voavam para dentro e para fora dos buracos e das fendas enquanto grandes buldogues, cada um dos quais parecia poder engolir um homem, pulavam, mas não tinham permissão para latir.

No grande e velho salão enfumaçado, um fogo brilhante queimava no chão de pedra. Não havia chaminé, então a fumaça subia até o teto e encontrava uma saída sozinha. Sopa fervia em um grande caldeirão, e lebres e coelhos eram assados no espeto.

— Você vai dormir comigo e com todos os meus animaizinhos esta noite — disse a pequena ladra depois que comeram e beberam alguma coisa. Então levou Gerda para um canto do salão onde havia palha e tapetes. Acima deles, em ripas e poleiros, havia mais de uma centena de pombos, que pareciam todos adormecidos, embora tenham se movido um pouco quando as duas meninas se aproximaram.

— Todos são meus — disse a pequena ladra, e agarrou o mais próximo, segurou-o pelos pés e o sacudiu até que ele batesse as asas. — Beije-o — gritou ela, batendo o animalzinho na cara de Gerda.

— Lá estão os pombos-torcazes — continuou, apontando para uma série de ripas e uma gaiola que havia sido fixada nas paredes, perto de uma das aberturas. — Os dois pestinhas voariam para longe se não estivessem trancados. E aqui está meu velho queridinho, "Ba". — E puxou uma rena pelo chifre; a rena usava uma argola de cobre brilhante em volta do pescoço e estava amarrada. — Somos obrigados a segurá-lo com força também, senão ele também fugiria. Eu faço cócegas em seu pescoço todas as noites com minha faca afiada, o que o assusta muito.

E a pequena ladra tirou uma longa faca de uma fenda na parede e a deixou deslizar suavemente sobre o pescoço da rena. O pobre animal começou a chutar, e a pequena ladra riu e puxou Gerda para a cama com ela.

— Você vai ficar com essa faca enquanto estiver dormindo? — perguntou Gerda, olhando-a com muito medo.

— Eu sempre durmo com a faca perto de mim — respondeu a pequena ladra. — Ninguém sabe o que pode acontecer. Mas, agora, conte-me novamente sobre o pequeno Kay e por que você saiu para o mundo.

Então, Gerda repetiu sua história de novo, enquanto os pombos-torcazes na gaiola sobre ela arrulhavam e os outros dormiam. A pequena ladra passou um braço pelo pescoço de Gerda e segurou a faca com a outra mão, e logo estava dormindo e roncando. Mas Gerda não conseguia fechar os olhos; não sabia se viveria ou morreria. Os ladrões estavam sentados ao redor do fogo, cantando e bebendo. Era uma visão terrível para uma garotinha testemunhar.

Então, os pombos-torcazes disseram:

— Ruu, ruu, nós vimos o pequeno Kay. Uma ave branca carregava o trenó dele, que estava sentado na carruagem da Rainha da Neve; ela atravessou a floresta enquanto estávamos deitados em nosso ninho. Soprou sobre nós e todos os jovens morreram, exceto nós dois. Ruu, ruu.

— O que vocês estão falando aí em cima? — gritou Gerda. — Para onde estava indo a Rainha da Neve? Vocês sabem alguma coisa sobre isso?

— Ela provavelmente estava viajando para a Lapônia, onde sempre há neve e gelo. Pergunte à rena que está amarrada lá em cima com uma corda.

— Sim, lá sempre há neve e gelo — comentou a rena —, e é um lugar glorioso. É possível pular e correr livremente pelas planícies geladas cintilantes. A Rainha da Neve tem sua tenda de verão lá, mas seu castelo principal fica no Polo Norte em uma ilha chamada Spitzbergen.

— Oh, Kay, pequeno Kay! — suspirou Gerda.

— Fique quieta — disse a pequena ladra —, ou vai sentir minha faca.

De manhã, Gerda lhe contou tudo o que os pombos-torcazes tinham lhe dito e a pequena ladra ficou bem séria, assentiu com a cabeça e disse:

— Isso é tudo conversa, isso é tudo conversa. Você sabe onde fica a Lapônia? — ela perguntou à rena.

— Quem saberia melhor que eu? — perguntou o animal, com os olhos brilhando. — Eu nasci e fui criada lá e costumava correr pelas planícies cobertas de neve.

— Então escutem — interrompeu a pequena ladra —, todos os nossos homens foram embora. Só mamãe está aqui, e vai ficar aqui; mas ao meio-dia ela sempre bebe de uma grande garrafa e depois dorme um pouco. Nessa hora vou fazer algo por você.

Pulou da cama, agarrou a mãe pelo pescoço e puxou-a pela barba, gritando:

— Minha cabrinha babá, bom dia!

E a mãe beliscou o nariz da garota até ficar bem vermelho, mas fez tudo por amor.

Quando a mãe foi dormir, a pequena ladra foi até a rena e disse:

— Gostaria muito de fazer cócegas em seu pescoço mais algumas vezes com minha faca, pois isso deixa você tão engraçada, mas não importa... vou desamarrar a corda e libertá-la para que possa fugir para a Lapônia.

Mas você deve fazer bom uso de suas pernas e levar esta mocinha até o castelo da Rainha da Neve, onde está o amiguinho dela. Tenho certeza de que ouviu o que ela me disse, pois falou bem alto e você estava ouvindo.

A rena pulou de alegria e a pequena ladra ergueu Gerda até as costas da rena e teve o cuidado de amarrá-la e até de lhe dar sua almofadinha para se sentar.

— Aqui estão suas botas de pele — falou ela — porque vai estar muito frio. Mas vou ficar com o regalo, é tão bonito. No entanto, você não vai congelar por falta dele. Aqui estão as grandes luvas quentes de minha mãe. Chegam até seus cotovelos. Deixe-me calçá-las em você. Pronto, agora suas mãos se parecem com as da minha mãe.

Gerda chorou de alegria.

— Não gosto de ver você aflita — disse a pequena ladra. — Deveria parecer muito feliz agora. E aqui estão dois pães e um presunto, para que você não passe fome.

A pequena ladra os amarrou à rena; depois, abriu a porta, atraiu todos os grandes cães para dentro, cortou a corda pela qual a rena estava presa com sua faca afiada e disse:

— Agora corra, mas lembre-se de cuidar bem da garotinha.

E Gerda estendeu a mão enluvada para a pequena ladra e respondeu:

— Adeus!

E a rena saiu em disparada por cima de tocos e pedras, pela grande floresta, por pântanos e planícies, o mais rápido que pôde. Os lobos uivaram e os corvos gritaram, enquanto no céu tremeluziam luzes vermelhas como chamas de fogo.

— Ali estão minhas velhas luzes do norte — disse a rena. — Veja como piscam!

E correu dia e noite, cada vez mais rápido, mas os pães e o presunto já haviam sido comidos quando chegaram à Lapônia.

❖ Sexta história ❖
A mulher da Lapônia e a mulher da Finlândia

Pararam em uma pequena cabana de aparência muito feia. O telhado descia quase até o chão e a porta era tão baixa que a família precisava se esgueirar engatinhando para entrar e sair. Não havia ninguém em casa a não ser uma velha da Lapônia, que preparava peixe à luz de um lampião a óleo.

A rena contou-lhe a história de Gerda depois de ter contado a sua própria, que lhe parecia a mais importante. Mas Gerda estava tão aflita de frio que nem conseguia falar.

— Ah, coitadinhas — falou a mulher da Lapônia. — Vocês ainda têm um longo caminho a percorrer. Devem viajar mais cento e cinquenta quilômetros até a Finlândia. A Rainha da Neve mora lá agora e acende luzes de Bengala todas as noites. Vou escrever algumas palavras em um bacalhau seco, pois não tenho papel, e vocês podem levá-lo para a finlandesa que mora lá. Ela pode lhes dar informações melhores que as minhas.

Assim, quando Gerda já estava aquecida e havia recebido algo para comer e beber, a mulher escreveu algumas palavras no peixe seco e disse a Gerda para cuidar bem dele. Então a garota se amarrou novamente nas costas da rena, que saltou no ar e partiu a toda velocidade. As belas luzes azuis do norte trouxeram lampejo atrás de lampejo durante toda a noite.

Por fim, chegaram à Finlândia e bateram na chaminé da cabana da finlandesa, pois não havia porta na altura do solo. Entraram, mas estava tão terrivelmente quente lá dentro que a mulher não usava quase nada de roupa. Era pequena e parecia muito suja. Afrouxou o vestido da pequena Gerda e tirou as botas de pele e as luvas, ou Gerda não aguentaria o calor; em seguida, colocou um pedaço de gelo na cabeça da rena e leu o que estava escrito no peixe seco. Depois de ler três vezes, já sabia o escrito de cor, por isso colocou o peixe na panela de sopa, pois sabia que era bom para comer e nunca desperdiçava nada.

A rena contou primeiro sua própria história e depois a da pequena Gerda, e a finlandesa piscou os olhos espertos, mas nada disse.

— A senhora é tão inteligente — disse a rena. — Sei que consegue amarrar todos os ventos do mundo com um pedaço de barbante. Se um marinheiro desatar um nó, terá vento favorável; quando desamarrar o segundo, o vento soprará com força. Mas, se o terceiro e o quarto forem afrouxados, então virá uma tempestade que destruirá florestas inteiras. A senhora não pode dar a esta garotinha algo que a deixará tão forte quanto doze homens para vencer a Rainha da Neve?

— A força de doze homens! — exclamou a finlandesa. — Isso seria de pouquíssima utilidade.

Mas foi até uma prateleira, pegou e desenrolou uma grande pele na qual estavam inscritos caracteres maravilhosos e leu até o suor escorrer de sua testa.

No entanto, a rena implorou tanto pela pequena Gerda, e Gerda olhou para a finlandesa com olhos tão ternos e lacrimosos, que os olhos da mulher começaram a cintilar de novo. Levou a rena para um canto e sussurrou para ela, enquanto colocava um novo pedaço de gelo em sua cabeça:

— O pequeno Kay está realmente com a Rainha da Neve, mas acha que tudo lá está tão a seu gosto que acredita ser o melhor lugar do mundo; isso é porque ele tem um caco de espelho no coração e uma pequena lasca de espelho no olho. Os cacos precisam ser retirados, ou ele nunca mais será humano, e a Rainha da Neve manterá seu poder sobre ele.

— Mas a senhora não pode dar alguma coisa à pequena Gerda para ajudá-la a conquistar esse poder?

— Não posso lhe dar mais poder do que ela já tem — disse a mulher. — Não vê como isso é forte? Como homens e animais são obrigados a servi-la, e como ela se saiu bem no mundo, descalça como está? Não posso conceder a ela nenhum poder maior do que o que ela já tem, que consiste em sua própria pureza e inocência de coração. Se ela própria não puder ter acesso à Rainha da Neve e remover os fragmentos de espelho do pequeno Kay, não poderemos fazer nada para ajudá-la. O jardim da Rainha da Neve começa a três quilômetros daqui. Você pode levar a garotinha até lá e deixá-la ao lado do grande arbusto que fica na neve, coberto de frutinhas vermelhas. Não fique lá fofocando, volte aqui o mais rápido que puder.

Então, a finlandesa ergueu a pequena Gerda ao lombo da rena, que correu o mais rápido que pôde.

— Ah, esqueci minhas botas e minhas luvas — lamentou a pequena Gerda assim que sentiu o frio cortante. Mas a rena não ousou parar, então correu até chegar ao arbusto com as frutinhas vermelhas. Ali, deixou Gerda no chão e a beijou, e grandes lágrimas brilhantes escorreram pelas bochechas do animal; então, deixou-a ali e correu de volta o mais rápido que pôde.

Lá estava a pobre Gerda: sem sapatos, sem luvas e no meio da fria, sombria e gelada Finlândia. Correu o mais rápido que pôde quando um regimento inteiro de flocos de neve a rodeou. Mas não estavam caindo do céu, que estava bem claro e brilhava com as luzes do norte. Os flocos de neve corriam pelo chão e, quanto mais se aproximavam dela, maiores pareciam. Gerda se lembrou de como pareciam grandes e bonitos através da lente de aumento. Mas estes eram realmente maiores e muito mais terríveis, pois estavam vivos: eram os guardas da Rainha da Neve e tinham as formas mais estranhas. Alguns flocos de neve eram como grandes porcos-espinhos, outros, como serpentes retorcidas com a cabeça estendida, e alguns poucos eram como ursinhos gordos com pelos eriçados, mas todos eram deslumbrantemente brancos e vivos.

A pequena Gerda repetia o pai-nosso, e o frio era tão intenso que conseguia ver a própria respiração sair da boca como vapor enquanto pronunciava as palavras. O vapor parecia aumentar conforme ela continuava a oração até tomar a forma de anjinhos que aumentavam de tamanho assim que tocavam a terra. Todos usavam capacetes e carregavam lanças e escudos. A quantidade de anjinhos aumentava cada vez mais, e, quando Gerda terminou suas orações, uma legião inteira estava ao seu redor. Enfiaram as lanças nos terríveis flocos de neve, de modo que estremeceram e se partiram em cem pedaços, e a pequena Gerda pôde avançar com coragem e segurança. Os anjos acariciaram as mãos e os pés da menina para que ela sentisse menos o frio enquanto se apressava em direção ao castelo da Rainha da Neve.

Mas agora precisamos ver o que Kay estava fazendo. Na verdade, não estava pensando na pequena Gerda, muito menos que ela pudesse estar parada bem na frente do palácio.

❊ Sétima história ❊
Do palácio da Rainha da Neve e do que, por fim, aconteceu lá

As paredes do palácio eram feitas de neve deslocada, e as janelas e as portas, de ventos cortantes. Havia mais de cem aposentos nele, todos como se tivessem sido formados de neve soprada até se juntar. O maior deles estendia-se por vários quilômetros. Todos eram iluminados pela luz vívida da aurora e eram tão grandes e vazios, tão gelados e brilhantes!

Não havia diversão ali, nem mesmo um baile de ursinhos, quando a tempestade poderia ter sido a música, e os ursos poderiam ter dançado em pé nas patas traseiras e mostrado boas maneiras. Não havia jogos agradáveis, como boca de dragão[2] ou pique-pega, nem mesmo uma fofoca à mesa de chá para as jovens raposas. Os salões da Rainha da Neve eram vazios, vastos e frios.

As chamas bruxuleantes das luzes do norte podiam ser vistas claramente, quer se elevassem alto ou baixo nos céus, de todas as partes do castelo. No meio desse corredor vazio e interminável de neve havia um lago congelado rachado na superfície em mil formas; cada pedaço se assemelhava a outro, porque cada um era em si perfeito como uma obra de arte, e no centro desse lago sentava-se a Rainha da Neve quando estava em casa. Ela chamava o lago de "Espelho da Razão", e dizia que era o melhor e, na verdade, o único do mundo.

O pequeno Kay estava bastante azul de frio – na verdade, quase preto –, mas não sentia, pois a Rainha da Neve havia afastado os calafrios gélidos com beijos, e o coração dele já era uma pedra de gelo. Arrastava alguns

---

2. Brincadeira comum no inverno que surgiu na Idade Média. Consistia em jogar conhaque em um prato grande e raso, atear fogo na bebida e jogar uvas-passas nele; em seguida, pegava-se as uvas-passas ainda quentes e as punha na boca. Chama-se "boca de dragão" (*snapdragon*) porque as pessoas faziam caretas quando queimavam a língua. (N.T.)

pedaços de gelo afiados e achatados de um lado para o outro e os colocava juntos em todos os tipos de posições, como se quisesse fazer algo com eles – assim como tentamos formar várias figuras com pequenas tábuas de madeira, que chamamos de "quebra-cabeça chinês". As figuras de Kay eram muito artísticas; jogava o jogo gélido da razão, e, aos seus olhos, as figuras eram muito notáveis e da mais alta importância; essa opinião se devia ao estilhaço de espelho ainda grudado em seu olho. Compôs muitas figuras completas formando palavras diferentes, mas havia uma palavra que nunca conseguia formar, embora desejasse muito. Era a palavra "eternidade".

A Rainha da Neve lhe disse:

— Quando você a descobrir, será seu próprio mestre, e eu lhe darei o mundo inteiro e um novo par de patins.

Mas ele não conseguia escrevê-la.

— Agora devo me apressar e ir para os países mais quentes — disse a Rainha da Neve. — Vou olhar para as crateras pretas dos cumes das montanhas chamejantes, o Etna e o Vesúvio, como são chamados. Vou fazer com que fiquem brancos, o que será bom para eles e para os limões e as uvas.

E a Rainha da Neve voou para longe, deixando o pequeno Kay sozinho no grande salão que tinha tantos quilômetros de extensão. Ele se sentou e olhou para os pedaços de gelo e pensou tão profundamente e ficou tão quieto que qualquer um poderia supor que estivesse congelado.

Nesse exato momento, aconteceu que a pequena Gerda entrou pela grande porta do castelo. Ventos cortantes sopravam ao seu redor, mas ela fez uma oração e os ventos abrandaram como se estivessem indo dormir. Continuou andando até chegar ao grande salão vazio e avistar Kay. Ela o reconheceu de pronto; correu até ele e jogou os braços em volta do pescoço do rapaz e o abraçou com força enquanto exclamava:

— Kay, querido Kay, finalmente encontrei você!

Mas ele continuou sentado bem quieto, rígido e frio.

Então a pequena Gerda chorou lágrimas quentes que caíram no peito dele e penetraram seu coração, derretendo o pedaço de gelo e afastando o pedacinho de espelho que estava preso ali. Então, ele olhou para ela, que cantou:

A rosa florescerá e desaparecerá
O Menino Jesus para sempre ficará

Então Kay começou a chorar. Chorou tanto que a lasca de espelho escorregou para fora de seu olho. Depois disso, reconheceu Gerda e falou com alegria:

— Gerda, querida Gerda, onde esteve todo esse tempo, e onde eu estive?

Olhou ao redor e continuou:

— Como está frio, e como tudo parece grande e vazio. — E se agarrou a Gerda, que riu e chorou de alegria.

Era tão agradável vê-los que até os pedaços de gelo dançavam, e, quando ficaram cansados e foram se deitar, formaram sozinhos as letras da palavra que a Rainha da Neve dissera que ele deveria descobrir para poder ser seu próprio mestre e ter o mundo inteiro e um par de patins novos.

Gerda beijou as bochechas dele e elas ficaram rosadas; beijou os olhos dele até que brilhassem como os dela; beijou as mãos e os pés do menino, que ficou bem saudável e alegre. A Rainha da Neve poderia voltar para casa quando quisesse, pois ali estava sua certeza de liberdade, na palavra que ela queria, escrita em letras brilhantes de gelo.

Então eles deram as mãos e saíram do grande palácio de gelo. Falaram da avó e das rosas no telhado, e, quando passavam, os ventos paravam e o sol irrompia. Quando chegaram ao arbusto com frutinhas vermelhas, lá estava a rena esperando por eles, e havia trazido consigo outra jovem rena cujos úberes estavam cheios, e as crianças beberam seu leite morno e deram um beijinho nela.

As renas levaram Kay e Gerda primeiro até a finlandesa, onde se aqueceram bastante na sala quente e receberam orientações sobre a viagem de volta para casa. Em seguida, foram até a mulher da Lapônia, que havia feito algumas roupas novas para eles e arrumado seus trenós. As duas renas correram ao lado deles e os seguiram até a fronteira do país, onde brotavam as primeiras folhas verdes. E ali eles se despediram das duas renas e da mulher da Lapônia, e todos disseram adeus.

Então, os pássaros começaram a gorjear, e a floresta também estava cheia de folhas verdes e jovens, e dela saiu um belo cavalo, do qual Gerda se lembrava, pois era aquele que havia puxado a carruagem dourada. Uma jovem cavalgava nele com um gorro vermelho brilhante na cabeça e pistolas no cinto. Era a pequena ladra, que se cansara de ficar em casa; iria primeiro para o norte e, se isso não lhe agradasse, pretendia tentar alguma outra parte do mundo. Reconheceu Gerda de imediato, que também se lembrou dela; foi um encontro alegre.

— Você é um camarada refinado para ficar viajando assim — disse ela ao pequeno Kay. — Gostaria de saber se merece que alguém vá até o fim do mundo para encontrá-lo.

Mas Gerda acariciou as bochechas dela e perguntou pelo príncipe e pela princesa.

— Foram para países estrangeiros — disse a ladra.

— E o corvo? — perguntou Gerda.

— Ah, o corvo morreu — respondeu ela. — Sua namorada domesticada agora é viúva e usa uma faixa de lã preta em volta da perna. Chora e se lamenta muito, mas as coisas são assim. Agora me diga: como conseguiu trazê-lo de volta?

Então, Gerda e Kay lhe contaram tudo.

— Tic, tac, tim, está tudo bem por fim — disse a ladra.

Tomou as mãos dos dois e prometeu que, se algum dia passasse pela cidade, avisaria e faria uma visita. Em seguida, partiu para o vasto mundo.

Mas Gerda e Kay caminharam de mãos dadas na direção de casa e, à medida que avançavam, a primavera parecia mais linda com sua folhagem verde e suas belas flores. Logo reconheceram a grande cidade onde moravam e os altos campanários das igrejas onde os doces sinos repicavam alegremente, quando entraram na cidade e encontraram o caminho até a porta da casa da avó.

Subiram para o pequeno quarto onde tudo parecia exatamente como costumava ser. O velho relógio tiquetaqueava, e os ponteiros apontavam para a hora do dia, mas, assim que cruzaram a porta, perceberam que estavam crescidos e haviam se tornado um homem e uma mulher. As rosas no telhado estavam em plena floração e espiavam pela janela, e lá estavam as cadeirinhas nas quais se sentavam quando crianças; Kay e Gerda se sentaram cada um em sua própria cadeira e se deram as mãos, enquanto a grandeza fria e vazia do palácio da Rainha da Neve desaparecia da memória deles como um sonho doloroso.

A avó estava sentada ao sol brilhante de Deus e leu em voz alta da Bíblia:

— Se não vos transformardes e vos tornardes como criancinhas, não entrareis no reino dos céus.

E Kay e Gerda se entreolharam e, de repente, entenderam a letra da velha canção:

A rosa florescerá e desaparecerá
O Menino Jesus para sempre ficará

E os dois ficaram lá sentados, crescidos, mas crianças de coração. E era verão – um verão quente e lindo.

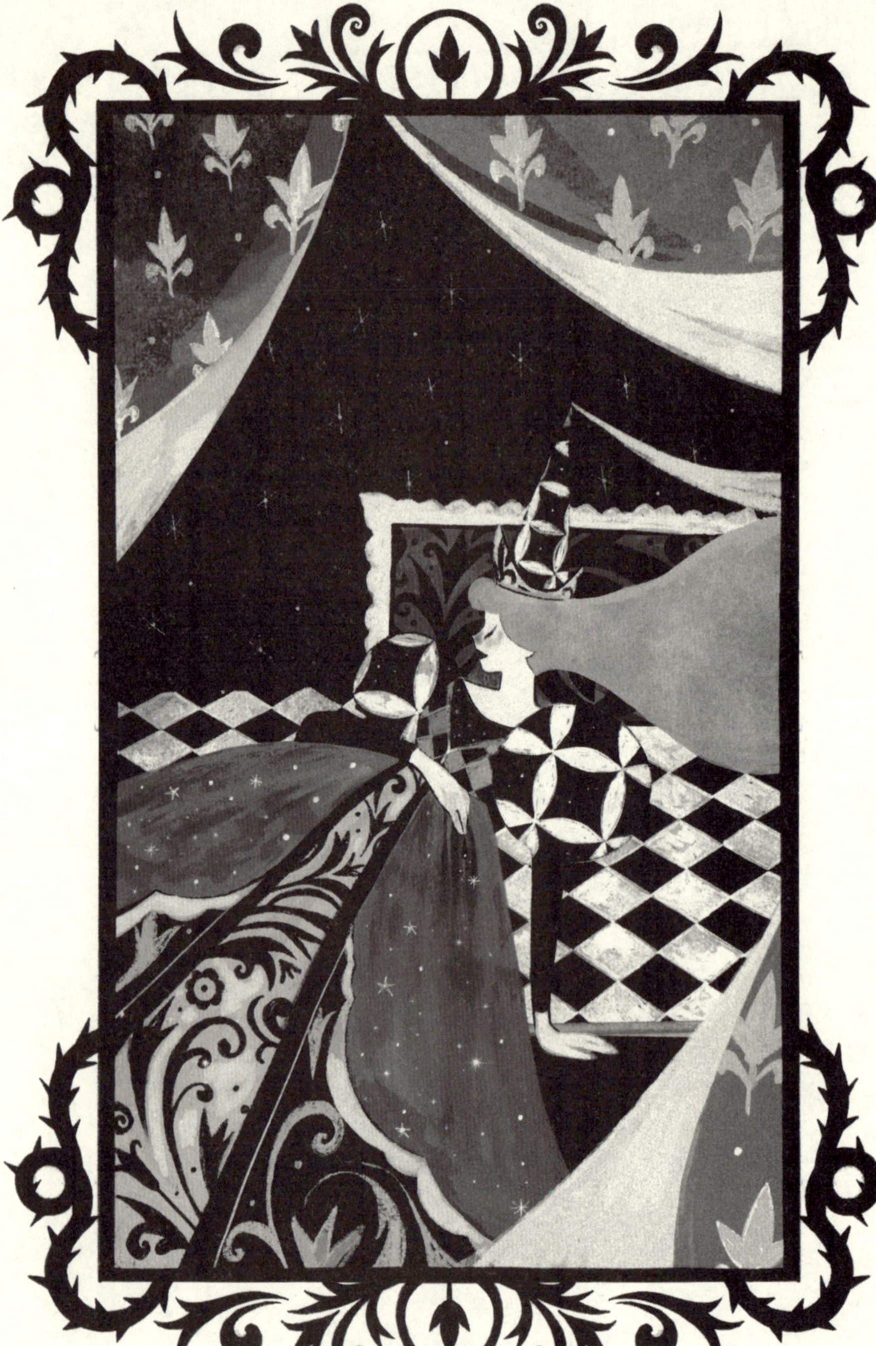

A BELA ADORMECIDA

Irmãos Grimm

Era uma vez um rei e uma rainha que todos os dias diziam "Ah, quem dera tivéssemos uma criança!", mas nunca conseguiam conceber. Então, certa feita, aconteceu que, quando a rainha estava se banhando, um sapo rastejou para as margens da água e lhe disse:

— Seu desejo será realizado: antes que um ano se passe, você terá uma filha.

O que o sapo havia dito aconteceu, e a rainha deu à luz uma menina que era tão bonita que o rei não conseguiu se conter de tanta alegria e providenciou um grande banquete. Não convidou apenas seus parentes, amigos e conhecidos, mas também as sábias, para que fossem gentis e amorosas com a criança. Havia treze delas no reino, mas como ele só tinha doze pratos de ouro para que usassem para comer, uma não foi convidada. A festa foi celebrada com todo o esplendor e, quando terminou, as sábias presentearam a criança com seus dons milagrosos: uma com virtude, outra com beleza, a terceira com riqueza, e assim por diante, com tudo o que se pode desejar no mundo. Quando onze delas já tinham cedido a palavra, apareceu de repente a décima terceira. Ela queria se vingar por não ter sido convidada e, sem cumprimentar nem olhar para ninguém, gritou com voz estridente:

— A filha do rei vai espetar o dedo no fuso de uma roca aos quinze anos e cair morta.

E, sem dizer mais uma palavra, virou-se e saiu do salão. Todos ficaram chocados, mas então a décima segunda, que ainda tinha seu desejo, deu um passo à frente e, como não podia cancelar a maldição, mas apenas abrandá-la, disse:

— Morte não será, mas a filha do rei cairá em cem anos de sono profundo.

O rei, que queria proteger sua querida filha da má sorte, mandou expedir um decreto para que todas as rocas de fiar do reino fossem queimadas. Todos os dons das mulheres sábias, porém, concretizaram-se na garota, pois era tão bonita, decente, simpática e compreensiva que qualquer um que a olhasse a amaria. Aconteceu que exatamente no dia em que ela fez quinze anos, o rei e a rainha não estavam em casa, e a menina ficou totalmente sozinha no castelo. Caminhou por toda parte, olhou cômodos e aposentos como bem quis e, por fim, chegou a uma velha torre. Subiu a estreita escada em espiral e alcançou uma pequena porta. Havia uma chave enferrujada na fechadura, e, quando ela a girou, a porta se abriu e havia uma velha sentada em um quartinho com um fuso em uma roca, ocupada fiando seu linho.

— Boa tarde, minha velha senhora — disse a filha do rei —, o que está fazendo aí?

— Estou fiando — respondeu a velha, e acenou com a cabeça.

— O que é isso que salta com tanta alegria à sua frente? — perguntou a menina, pegando o fuso, pois queria fiar também. Mas mal tocou o fuso e o feitiço se tornou realidade, e ela espetou o dedo nele.

No entanto, no momento em que sentiu a picada, caiu na cama que estava ali e logo entrou em um sono profundo. E esse sono se espalhou por todo o palácio: o rei e a rainha, que tinham acabado de chegar em casa e entrar no salão, começaram a adormecer, e com eles toda a corte. Os cavalos dormiram no estábulo; os cães, no pátio; os pombos, no telhado; as moscas, na parede; sim, até o fogo que tremeluzia sobre a fornalha silenciou e adormeceu, e o assado parou de chiar, e o cozinheiro, que queria pegar o ajudante de cozinha pelos cabelos, porque ele havia feito alguma trapalhada, soltou-o e adormeceu. E o vento se acalmou, e nenhuma folha se movia nas árvores diante do castelo.

Ao redor do castelo começou a crescer uma cerca de espinhos que a cada ano crescia ainda mais e, por fim, circundou todo o castelo e cresceu além dele, de modo que nada mais dele podia ser visto, nem mesmo a bandeira no telhado. Porém, correu no país a lenda sobre a Bela Adormecida, pois assim era chamada a filha do rei, de modo que, de vez em quando, príncipes iam até lá e tentavam atravessar pela cerca viva e entrar no castelo. Mas não era possível, pois os espinhos estavam bem unidos, como se tivessem mãos, e os jovens ficavam presos neles, não conseguiam se libertar e tinham uma morte miserável. Depois de muitos anos, um príncipe voltou ao país e ouviu um velho contar sobre a cerca de espinhos: devia haver um castelo atrás dela, no qual uma bela princesa, chamada Bela Adormecida, dormia havia cem anos, e com ela dormiam também o rei, a rainha e toda a corte. Também soube por seu avô que muitos príncipes já haviam ido até lá e tentado atravessar a cerca de espinhos, mas haviam ficado presos nela e tido uma morte triste. Então, o jovem disse:

— Não tenho medo, quero ir até lá e ver a Bela Adormecida.

O bom senhor tentou dissuadi-lo, mas ele não deu ouvidos às suas palavras.

Os cem anos já haviam passado, e chegara o dia em que a Bela Adormecida despertaria. Quando o príncipe se aproximou da cerca de espinhos, todos tinham virado flores grandes e bonitas, que se afastaram e o deixaram passar ileso, e atrás dele formaram novamente uma cerca. No pátio, viu os cavalos e os cães de caça malhados deitados e dormindo; os pombos estavam empoleirados no telhado com a cabeça enfiada debaixo das asas. E, quando entrou na casa, as moscas dormiam na parede, o cozinheiro ainda estava com a mão na mesma posição, como se quisesse atacar o rapaz, e a criada estava sentada diante da galinha preta que deveria ter sido depenada. Então, continuou em frente e viu toda a corte deitada e dormindo no salão, e, no andar de cima, junto ao trono, o rei e a rainha. Então foi ainda mais longe, e tudo estava tão quieto que conseguia ouvir sua própria respiração, e por fim chegou à torre e abriu a porta do quartinho em que a Bela Adormecida dormia. Lá estava, e era tão bela que ele não conseguia desviar os olhos; ele se abaixou e a beijou. Assim que a tocou com um beijo, a

Bela Adormecida abriu os olhos, acordou e olhou para ele de maneira muito afável. Eles desceram juntos, e o rei acordou, bem como a rainha e toda a corte, e se entreolharam com olhos arregalados. Os cavalos no pátio se levantaram e se sacudiram, os cães pularam e abanaram o rabo, os pombos no telhado tiraram a cabeça de debaixo das asas, olharam em volta e voaram para o campo. As moscas nas paredes voltaram a se arrastar, o fogo na cozinha se acendeu, tremeluziu e cozinhou a comida; o assado começou a chiar novamente, e o cozinheiro deu um tapa na orelha do menino, que gritou; e a criada terminou de depenar a galinha. E então o casamento do príncipe com a Bela Adormecida foi celebrado em todo o esplendor, e eles viveram felizes para sempre.

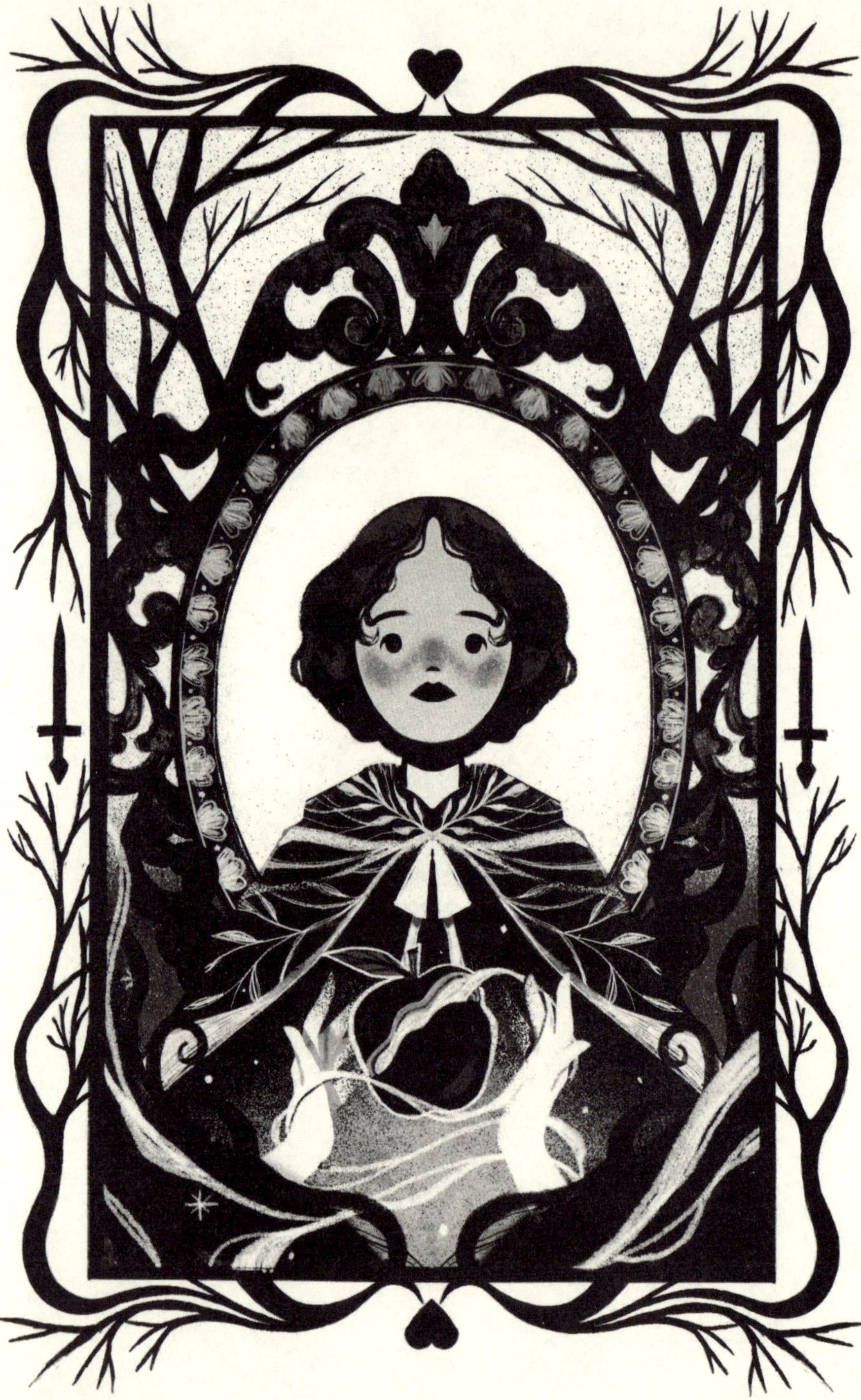

BRANCA DE NEVE

Irmãos Grimm

Era uma vez, no meio do inverno, com os flocos de neve caindo como penas do céu, uma rainha que estava sentada costurando ao lado de uma janela emoldurada por ébano preto. Enquanto costurava e olhava para a neve, espetou o dedo com a agulha e três gotas de sangue caíram na neve. Como o vermelho ficou muito bonito na neve branca, a rainha pensou consigo mesma: *E se eu tivesse uma criança branca como a neve, vermelha como o sangue e preta como a madeira do caixilho?* Pouco depois disso, teve uma filhinha que era branca como a neve, vermelha como o sangue e de cabelos tão pretos como o ébano, e por isso recebeu o nome de Branca de Neve. E assim que a criança nasceu, a rainha morreu.

Um ano depois, o rei desposou outra mulher. Era bonita, mas orgulhosa e arrogante, e não suportava o fato de que alguém a superasse em beleza. A mulher tinha um espelho mágico, e quando parava diante dele, olhava-se e perguntava:

— Espelho, espelho meu, existe alguém, em toda esta terra, mais bela do que eu?

Então, o espelho respondia:

— Majestade, a senhora é a mais bela desta terra.

Ela ficava satisfeita, pois sabia que aquele era um espelho que dizia a verdade.

Mas Branca de Neve cresceu, ficou cada vez mais bonita e, quando chegou aos sete anos, era tão bela quanto o dia claro e mais bela que a própria rainha. Certa vez, a rainha perguntou ao espelho:

— Espelho, espelho meu, existe alguém, em toda esta terra, mais bela do que eu?

E ele respondeu:

— Majestade, a senhora é a mais bonita aqui, mas Branca de Neve é mil vezes mais bela que a senhora.

Então, a rainha se assustou e ficou roxa de inveja. Daquele momento em diante, quando via a Branca de Neve, seu coração se virava do avesso de tanto ódio que sentia pela garota. E a inveja e a arrogância cresciam cada vez mais em seu coração como erva daninha, de modo que dia e noite ela não conseguia mais descansar. Por isso, chamou um caçador e lhe disse:

— Leve a criança para a floresta, não quero mais vê-la na minha frente. Você deve matá-la e me trazer os pulmões e o fígado como prova.

O caçador obedeceu e levou a menina para longe, e, quando puxou a adaga e estava prestes a perfurar o coração inocente de Branca de Neve, ela começou a chorar e disse:

— Ah, caro caçador, poupe minha vida. Vou correr para a floresta selvagem e nunca mais voltar para casa.

E como ela era tão bela, o caçador ficou com pena e disse:

— Então corra, pobre criança.

Os animais selvagens em breve vão devorá-la, pensou e, no entanto, parecia que uma pedra havia sido tirada de seu coração, pois não precisara matá-la. E quando um leitãozinho passou por ele aos pulos, ele o esfaqueou, tirou seus pulmões e fígado e os levou consigo como prova para a rainha. A cozinheira teve que cozinhá-los com sal, e a mulher maligna os comeu e pensou que havia comido os pulmões e o fígado de Branca de Neve.

Agora, a pobre criança estava completamente sozinha na grande floresta e ficou tão assustada que olhou para todas as folhas das árvores e não soube o que fazer. Então começou a correr e passou por pedras pontudas e por espinhos, e os animais selvagens pulavam ao lado dela, mas nada faziam à menina. Correu até seus pés não aguentarem mais, até que, quando a noite chegou, viu uma casinha e entrou para descansar. Tudo na casinha era pequeno, mas tão limpo e arrumado que não havia do que reclamar. Tinha uma mesinha com toalha branca e sete pratinhos, cada prato com sua colherzinha, sete faquinhas e garfinhos e sete copinhos. Sete caminhas se enfileiravam na parede e estavam cobertas com lençóis brancos como a neve. Branca de Neve, que estava com muita fome e sede, comeu um pouco de legumes e pão de cada pratinho e bebeu um gole de vinho de cada copinho, pois não queria consumir tudo de nenhum deles. Depois, de tão cansada que estava, deitou-se em uma das caminhas, mas nenhuma delas servia; uma era muito comprida, outra muito curta, até que, por fim, na sétima ela coube com exatidão, e ali se deitou, fez uma oração a Deus e adormeceu.

Quando já estava bem escuro, os senhores da casinha chegaram: eram os sete anões, que estavam nas montanhas escavando minérios. Acenderam as sete lamparinazinhas e, conforme a casa se iluminava, perceberam que alguém havia estado ali, pois nem tudo estava tão em ordem como haviam deixado.

O primeiro disse:

— Quem se sentou na minha cadeirinha?

O segundo falou:

— Quem comeu do meu pratinho?

O terceiro perguntou:

— Quem pegou o meu pãozinho?

O quarto reclamou:

— Quem comeu os meus legumezinhos?

O quinto questionou:

— Quem usou o meu garfinho?

O sexto disse:

— Quem cortou com minha faquinha?

E o sétimo:

— Quem bebeu do meu copinho?

Então, o primeiro olhou ao redor e viu que em sua cama havia uma pequena depressão, e por isso falou:

— Quem se deitou na minha caminha?

Os outros chegaram correndo e exclamaram:

— Alguém se deitou na minha também.

Mas o sétimo, quando olhou para sua cama, viu Branca de Neve, que estava deitada nela e dormia. Ele chamou os outros, que vieram correndo e gritaram de espanto, pegaram as sete lamparinazinhas e iluminaram Branca de Neve.

— Ai, meu Deus! Ai, meu Deus! — exclamaram eles. — Que menina mais bonita!

E ficaram tão felizes que não a acordaram, mas deixaram-na dormir na caminha. O sétimo anão, no entanto, dormiu com seus companheiros, com cada um por uma hora em uma caminha, e assim a noite passou.

Quando amanheceu, Branca de Neve acordou e, quando viu os sete anões, ficou assustada. Mas eles foram amigáveis e perguntaram:

— Como você se chama?

— Meu nome é Branca de Neve — respondeu ela.

— Como veio parar em nossa casa? — continuaram os anões.

Então, ela lhes contou que sua madrasta quisera matá-la, mas o caçador havia poupado sua vida, e ela havia andado o dia inteiro até finalmente encontrar a casinha. Os anões disseram:

— Se quiser cuidar da nossa casa, cozinhar, fazer as camas, lavar, costurar e tricotar, e se quiser manter tudo limpo e arrumado, pode ficar conosco, e nada lhe faltará.

— Sim — disse Branca de Neve —, eu adoraria, de todo o coração.

E ficou com eles. Mantinha a casa em ordem: de manhã eles iam para as montanhas em busca de minério e ouro, à noite voltavam, e sua comida tinha que estar pronta. A menina ficava sozinha durante o dia, e por isso os bons anões a alertaram, dizendo:

— Cuidado com sua madrasta, ela logo ficará sabendo que você está aqui. Não deixe ninguém entrar.

A rainha, no entanto, depois de pensar que havia comido os pulmões e o fígado de Branca de Neve, voltou a ter certeza de que era novamente a primeira e a mais bonita. Assim, aproximou-se do espelho e perguntou:

— Espelho, espelho meu, existe alguém, em toda esta terra, mais bela do que eu?

E o espelho respondeu:

— Majestade, a senhora é a mais bonita aqui, mas Branca de Neve, nas montanhas, morando com os sete anões, é mil vezes mais bonita que a senhora.

Então ela se assustou, pois sabia que o espelho não mentia, e entendeu que o caçador a havia traído e que Branca de Neve ainda estava viva. Depois, ponderou e voltou a pensar sobre como a mataria; pois, enquanto não fosse a mais bonita de toda aquela terra, a inveja não a deixaria em paz. Quando por fim pensou em alguma coisa, maquiou-se e se vestiu como uma velha mercadora, ficando completamente irreconhecível. Usando aquele disfarce, atravessou as sete montanhas até chegar na casa dos sete anões, bateu à porta e gritou:

— Belas mercadorias à venda! Belas mercadorias!

Branca de Neve olhou pela janela e chamou:

— Olá, querida senhora, o que tem para vender?

— Boas mercadorias, belas mercadorias — respondeu a mulher. — Laços de todas as cores. — E estendeu a seda trançada colorida.

Essa honesta mulher eu posso deixar entrar, pensou Branca de Neve; destrancou a porta e comprou os lindos laços.

— Menina — disse a velha —, olhe só para você! Venha, vou fazer um laço direitinho em você.

Branca de Neve não suspeitou nem por um instante. Parou diante dela e se deixou amarrar com o novo laço: mas a velha amarrou rapidamente e com tanta força que Branca de Neve perdeu a respiração e caiu morta.

— Você era a mais bonita — disse a velha, e saiu correndo.

Não muito tempo depois, à noite, os sete anões voltaram para casa e ficaram muito apavorados quando viram sua querida Branca de Neve, que jazia no chão; ela não se movia, como se estivesse morta. Eles a levantaram e, vendo que estava bem amarrada, cortaram o laço no meio. Então, ela começou a respirar devagar e aos poucos voltou à vida. Quando os anões souberam o que havia acontecido, disseram:

— A velha mercadora só podia ser a rainha má. Cuidado, não deixe ninguém entrar quando não estivermos com você.

Mas, quando a mulher malvada chegou em casa, foi para a frente do espelho e perguntou:

— Espelho, espelho meu, existe alguém, em toda esta terra, mais bela do que eu?

Ele respondeu como de costume:

— Majestade, a senhora é a mais bonita aqui, mas Branca de Neve, nas montanhas, morando com os sete anões, é mil vezes mais bonita que a senhora.

Quando ouviu isso, o sangue dela ferveu de choque porque percebeu que Branca de Neve havia voltado à vida.

— Mas agora — disse ela — vou inventar alguma coisa que vai destruí-la.

E como de feitiçaria ela entendia, fez um pente envenenado. Então, disfarçou-se e assumiu a forma de outra velha. Passou pelas sete montanhas até os sete anões, bateu à porta e gritou:

— Boas mercadorias à venda! Boas mercadorias!

Branca de Neve olhou pela janela e disse:

— Pode ir embora, não posso deixar ninguém entrar.

— Mas você ainda pode olhar — falou a velha, pegando o pente envenenado e o estendendo para o alto. A criança gostou tanto dele que se deixou apaixonar e abriu a porta. Depois que elas negociaram a compra, a velha disse:

— Agora, quero pentear você direito.

A pobre Branca de Neve não pensou em nada e permitiu, mas, mal o pente tocou seus cabelos, o veneno fez efeito e a garota caiu, inconsciente.

— Sua beleza — disse a mulher malévola — acabou com você.

E foi embora.

Felizmente, porém, já era quase noite, e logo os sete anões voltaram para casa. Quando viram Branca de Neve caída no chão como se estivesse morta, imediatamente suspeitaram da madrasta, procuraram nos cabelos da garota e encontraram o pente envenenado, e, assim que o retiraram, Branca de Neve voltou a si e lhes contou o que havia acontecido. Então, eles avisaram novamente para ela ficar atenta e não abrir a porta para ninguém.

A rainha, na frente do espelho em casa, perguntou:

— Espelho, espelho meu, existe alguém, em toda esta terra, mais bela do que eu?

Ele, como antes, respondeu:

— Majestade, a senhora é a mais bonita aqui, mas Branca de Neve, nas montanhas, morando com os sete anões, é mil vezes mais bonita que a senhora.

Quando ela ouviu o espelho proferir essas palavras, estremeceu e tremelicou de raiva.

— Branca de Neve precisa morrer — gritou ela —, nem que isso custe minha própria vida.

Então, foi para um aposento isolado e solitário, onde ninguém poderia entrar, e lá fez uma maçã envenenada. Por fora era linda, com uma parte branca e outra muito vermelha e brilhante, de modo que qualquer um que a visse gostaria de comê-la, mas quem comesse um pedaço morreria. Quando a maçã ficou pronta, ela maquiou o rosto e se disfarçou de camponesa, e assim percorreu as sete montanhas até a casa dos sete anões. Ela bateu à porta, no que Branca de Neve pôs a cabeça para fora da janela e disse:

— Não posso deixar ninguém entrar, os sete anões me proibiram.

— Por mim tudo bem — respondeu a camponesa —, pois estou dando maçãs. Ora, quero lhe presentear com uma.

— Não — retrucou Branca de Neve —, não devo aceitar nada.

— Tem medo de veneno? — perguntou a velha. — Veja, vou cortar a maçã em duas metades; você come a parte vermelha, eu como a parte mais branquinha.

Mas a maçã havia sido feita com tanta habilidade que só a metade vermelha estava envenenada. Branca de Neve cobiçou a bela maçã e, quando viu que a camponesa a comia, não resistiu, estendeu a mão e pegou a metade envenenada. Mas, assim que deu uma mordida na fruta, caiu morta no chão. Então, a rainha a observou com um olhar horrível, riu alto e disse:

— Branca como a neve, vermelha como sangue, preta como ébano! Desta vez, os anões não conseguirão acordá-la.

E então, no castelo, questionou o espelho:

— Espelho, espelho meu, existe alguém, em toda esta terra, mais bela do que eu?

E finalmente o espelho respondeu:

— Majestade, a senhora é a mais bela desta terra.

O coração invejoso dela descansou tão bem quanto um coração invejoso consegue descansar.

Quando voltaram para casa à noite, os anõezinhos encontraram Branca de Neve deitada no chão, e não havia mais respiração; ela estava morta. Pegaram-na, procuraram alguma coisa venenosa, desapertaram o vestido, pentearam seus cabelos, lavaram-nos com água e vinho, mas nada disso adiantou. A querida menina estava morta e continuava morta. Colocaram-na em um catre, e todos os sete se sentaram ao lado dela e choraram por três dias. Queriam enterrá-la, mas ela ainda parecia tão viçosa quanto uma pessoa viva, e suas lindas bochechas ainda estavam coradas. Disseram:

— Não podemos enterrá-la na terra escura.

Então, mandaram fazer um caixão de vidro transparente para que pudesse ser vista de todos os lados, colocaram-na dentro dele e escreveram o nome da garota nele em letras douradas, informando que era filha de um rei. Em seguida, deixaram o caixão na montanha e um deles sempre ficava por perto e o observava. E os animais vieram também e choraram por Branca de Neve, primeiro uma coruja, depois um corvo e, por fim, um pombinho.

Branca de Neve ficou deitada no caixão por muito tempo e não apodreceu; parecia estar dormindo, pois ainda era branca como a neve, vermelha como sangue e de cabelos pretos como ébano. No entanto, eis que o filho de um rei entrou na floresta e chegou à casa dos anões para pernoitar por lá. Viu o caixão na montanha e a bela Branca de Neve nele, e leu o que estava escrito em letras douradas. Então, disse aos anões:

— Deixem-me ficar com o caixão, eu lhes darei o que pedirem por ele.

Mas os anões responderam:

— Não o daremos nem por todo o ouro do mundo.

Mas ele implorou:

— Então, me deem de presente, pois não consigo viver sem ver Branca de Neve, quero honrá-la e respeitá-la como minha amada.

Por ter falado assim, os bons anões sentiram pena dele e lhe deram o caixão. O príncipe ordenou que seus criados o carregassem nos ombros. Então, tropeçaram em um arbusto e, com o movimento brusco, o pedaço de maçã envenenado que Branca de Neve havia mordido se soltou de sua garganta. E não demorou muito para ela abrir os olhos, levantar a tampa do caixão, sentar-se e voltar à vida.

— Ai, meu Deus, onde estou?

O príncipe disse, cheio de alegria:

— Você está comigo.

E relatou o que havia acontecido, dizendo por fim:

— Prefiro você a qualquer coisa no mundo. Venha comigo ao castelo de meu pai, e você será minha esposa.

Então, Branca de Neve foi boa para ele e o acompanhou, e o casamento foi organizado com grande esplendor e glória.

A madrasta ímpia de Branca de Neve também foi convidada para o banquete. Como ela havia se vestido com roupas bonitas, pôs-se diante do espelho e perguntou:

— Espelho, espelho meu, existe alguém, em toda esta terra, mais bela do que eu?

Ao que o espelho respondeu:

— Majestade, a senhora é a mais bonita daqui, mas a jovem rainha é mil vezes mais bonita do que a senhora.

Então a mulher, furiosa, proferiu um xingamento e ficou tão angustiada, tão angustiada, que não conseguiu se segurar. A princípio, não queria ir ao casamento, mas ficou muito inquieta, pois precisava ver a jovem rainha. E quando chegou, reconheceu Branca de Neve e ficou ali, aterrorizada, paralisada de horror. Mas um par de sapatos de ferro já havia sido posto sobre as brasas de uma fogueira e trazido com tenazes e colocado diante dela. Então, a malvada foi obrigada a calçar esses sapatos em brasa e dançar até cair morta no chão.

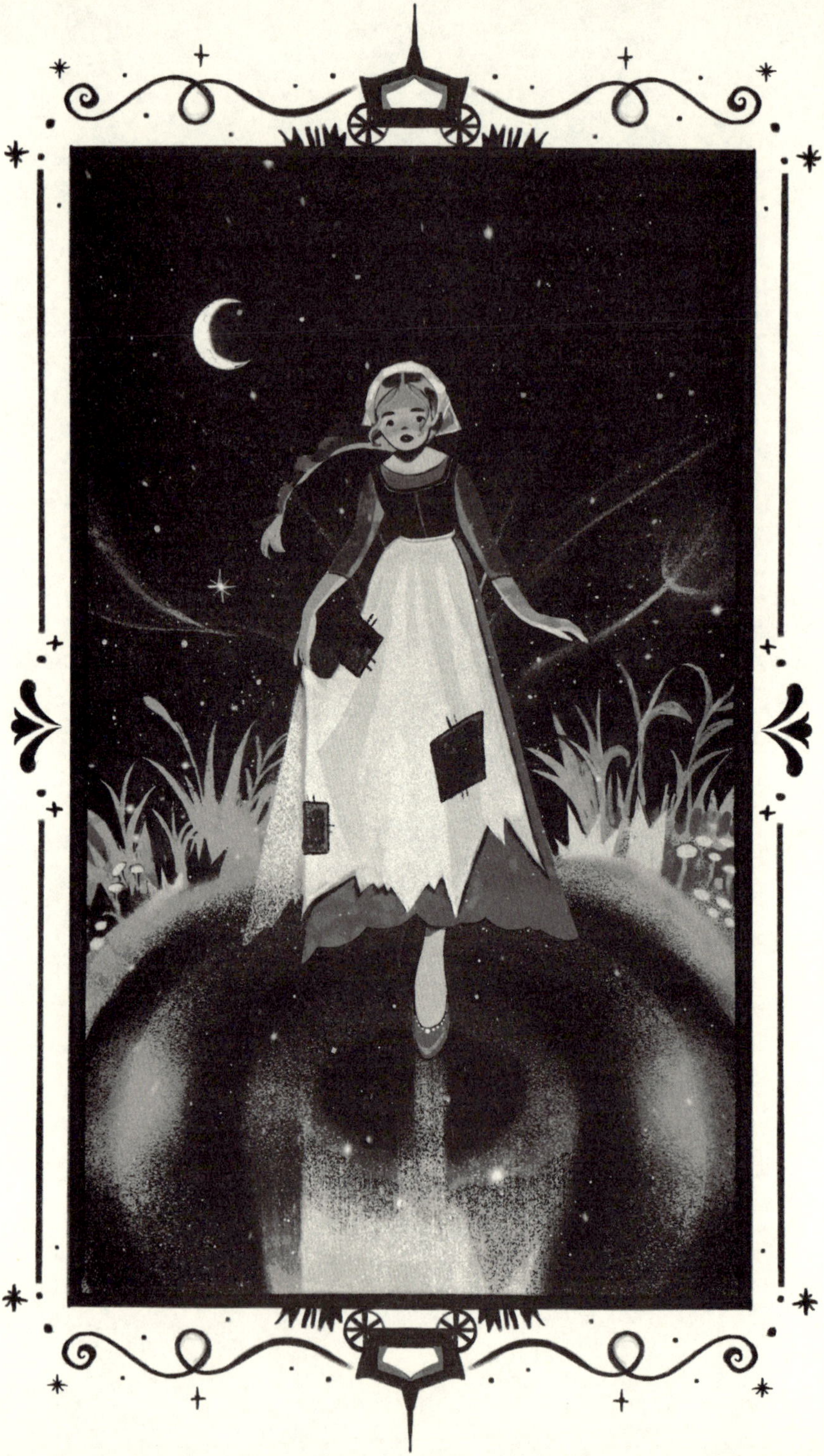

A GATA BORRALHEIRA

Irmãos Grimm

Era uma vez um homem rico cuja esposa ficou doente e, quando sentiu que o fim se aproximava, chamou sua única filhinha ao seu leito e lhe disse:

— Querida filha, seja piedosa e boa, Deus sempre estará ao seu lado, e eu vou olhar para você lá do céu e quero estar sempre com você.

Em seguida, fechou os olhos e faleceu. A menina visitava todos os dias o túmulo da mãe e chorava, e se manteve piedosa e boa. Quando chegou o inverno, a neve cobriu a sepultura com um manto branco, e, quando o sol da primavera a derreteu, o homem desposou outra mulher.

A mulher trouxera suas duas filhas para a casa, que eram lindas e alvas na aparência, mas maléficas e sombrias no coração. Foi uma época horrível para a pobre enteada.

— Esta gansa estúpida vai se sentar conosco na sala? — diziam elas. — Se quiser comer pão, terá de merecê-lo. Vá trabalhar com a cozinheira.

Tiraram da meia-irmã as lindas roupas, vestiram-lhe com uma velha bata cinzenta e lhe deram tamancos de madeira.

— Olha só, a princesa orgulhosa, como está arrumadinha! — gritaram elas, riram e a mandaram para a cozinha.

A garota precisava trabalhar duro de manhã à noite, levantar-se cedo, antes do amanhecer, carregar água, acender o fogo, cozinhar e lavar. Além disso, as irmãs lhe causavam todo tipo de sofrimento que se possa imaginar, zombavam dela e jogavam as ervilhas e lentilhas nas cinzas para que ela tivesse que se sentar e escolhê-las novamente. À noite, quando estava cansada, não podia ir para a cama, mas era obrigada a se deitar nas cinzas ao lado do fogão. E como sempre parecia empoeirada e suja, chamavam-na de Gata Borralheira.

Um dia, seu pai quis ir à feira e perguntou às duas enteadas o que deveria lhes trazer.

— Roupas bonitas — disse uma delas.

— Pérolas e pedras preciosas — disse a outra.

— E você, Gata Borralheira — disse ele —, o que vai querer?

— Pai, o primeiro ramo que esbarrar no seu chapéu no caminho de volta para casa o senhor vai partir e trazê-lo para mim.

Então, comprou para as duas irmãs roupas bonitas, pérolas e pedras preciosas, e, no caminho de volta, enquanto cavalgava por um bosque verde, um ramo de aveleira bateu nele e derrubou seu chapéu. Ele partiu o ramo e o levou consigo. Ao chegar em casa, deu às enteadas o que elas haviam pedido e à Gata Borralheira o ramo da aveleira. A garota agradeceu, foi ao túmulo de sua mãe e plantou o ramo nele, e chorou tanto que suas lágrimas caíram sobre ele e o regaram. A planta cresceu e se transformou em uma bela árvore. A Gata Borralheira passava por baixo dela três vezes por dia, chorava e rezava, e toda vez um passarinho branco pousava na árvore. E, quando ela fazia um pedido, o pássaro lhe atirava o que ela havia desejado.

O rei, entretanto, organizava uma celebração que duraria três dias, e para a qual foram convidadas todas as belas donzelas do país para que seu filho escolhesse uma noiva. As duas meias-irmãs, quando souberam que deveriam comparecer, ficaram de bom humor, chamaram a Gata Borralheira e lhe disseram:

— Penteie nossos cabelos, escove nossos sapatos e aperte nossas fivelas, pois vamos à festa no castelo do rei.

A Gata Borralheira obedeceu, mas chorou, pois também gostaria de ir ao baile, e pediu à madrasta que lhe desse permissão.

— Você, Gata Borralheira — disse ela —, coberta de poeira e sujeira, quer ir à festa? Você não tem roupas nem sapatos e quer dançar!

Mas como continuou a suplicar, a madrasta disse por fim:

— Joguei uma tigela de lentilhas nas cinzas. Se escolher as lentilhas de novo em duas horas, poderá ir com elas.

A menina saiu pela porta dos fundos que dava para o jardim e gritou:

— Vocês, pombinhas dóceis, pombinhas-rolas, todos os pássaros sob o céu, venham me ajudar a escolher as lentilhas, as boas na tigela, as ruins na goela.

Logo, duas pombinhas brancas entraram pela janela da cozinha, em seguida as pombinhas-rolas e, por fim, todos os pássaros sob o céu revoaram, reuniram-se na cozinha e se acomodaram ao redor do borralho. E as pombinhas balançaram a cabeça e começaram a catar,

catar, catar, catar, e o restante dos pássaros também começou a catar, catar, catar, catar, e a jogar todos os grãos bons na tigela. Nem uma hora havia se passado quando terminaram e todos voaram para fora da cozinha. Então, a menina levou a tigela para a madrasta, feliz e acreditando que iria à festa. Mas a madrasta disse:

— Não, Gata Borralheira, você não tem roupas e não sabe dançar. Vão rir de você.

Quando a garota caiu no choro, ela disse:

— Se você conseguir escolher duas tigelas de lentilhas das cinzas para mim em uma hora, então poderá ir com elas. — E pensou: *Ela nunca conseguirá*.

Quando a madrasta jogou as duas tigelas de lentilhas nas cinzas, a garota passou pela porta dos fundos para o jardim e gritou:

— Vocês, pombinhas dóceis, pombinhas-rolas, todos os pássaros sob o céu, venham me ajudar a escolher as lentilhas, as boas na tigela, as ruins na goela.

Logo, duas pombinhas brancas entraram pela janela da cozinha, em seguida as pombinhas-rolas e, por fim, todos os pássaros sob o céu revoaram, reuniram-se na cozinha e se acomodaram ao redor do borralho. E as pombinhas balançaram a cabeça e começaram a catar, catar, catar, catar, e o restante dos pássaros também começou a catar, catar, catar, catar, e a jogar todos os grãos bons na tigela. Nem meia hora havia se passado quando terminaram e todos voaram para fora da cozinha novamente. Então, a menina levou a tigela para a madrasta, feliz e acreditando que agora poderia ir à festa. Mas a madrasta disse:

— Não adianta: você não vem conosco porque não tem roupa e não sabe dançar; vamos passar vergonha com você.

Então, virou as costas para a garota e saiu às pressas com as duas filhas orgulhosas.

Quando não havia mais ninguém em casa, a Gata Borralheira foi até o túmulo de sua mãe debaixo da aveleira e clamou:

— Arvorezinha, balance assim, balance assim e jogue ouro e prata em cima de mim.

O pássaro então lançou da árvore um vestido dourado e prateado e sapatos bordados com seda e prata. Com pressa, ela colocou o vestido e foi à festa. Suas irmãs e sua madrasta nem a reconheceram e pensaram que devia ser a filha de um rei estrangeiro, de tão linda que ela havia ficado no vestido dourado. Nem pensaram na Gata Borralheira e imaginaram que ela estivesse sentada na sujeira em casa e escolhendo lentilhas no borralho. O príncipe a encontrou, tomou-a pela mão e dançou com ela. Não quis dançar com mais ninguém, não largou a mão da garota e, quando alguém ia até ele para questioná-lo, ele respondia:

— Ela é meu par.

Ela dançou até a noite cair, e então quis ir para casa. Mas o príncipe disse:

— Vou com você para acompanhá-la.

Ele queria ver a que família pertencia a linda moça. Mas ela escapou dele e saltou para dentro do pombal. Então, o príncipe esperou até que o pai viesse e lhe disse que a garota estranha havia saltado para dentro do pombal. O velho pensou: *Será a Gata Borralheira?* E tiveram que trazer um machado e uma picareta para que ele pudesse abrir o pombal ao meio; mas não havia ninguém nele. Quando as irmãs chegaram em casa, a Gata Borralheira estava deitada com suas roupas sujas sobre o borralho, e uma lamparina a óleo estava acesa ao lado da chaminé, pois ela saíra rapidamente pelos fundos do pombal e correra até a aveleira. Lá, despira-se das belas roupas e as colocara sobre a sepultura, e o pássaro as levara embora, e então ela vestira novamente seu avental cinzento e se sentara na cozinha junto ao borralho.

No dia seguinte, quando a festa recomeçou e os pais e as meias-irmãs se foram, a Gata Borralheira foi até a aveleira e falou:

— Arvorezinha, balance assim, balance assim e jogue ouro e prata em cima de mim.

Então, o pássaro lançou sobre ela um vestido que era muito mais bonito que o do dia anterior. E quando ela apareceu na festa com esse vestido, todos ficaram maravilhados com a beleza dela. O príncipe havia esperado até que ela chegasse, então a tomou pela mão e dançou apenas com ela. Quando as outras vinham questioná-lo, ele respondia:

— Ela é meu par.

Ao cair da noite, ela quis ir embora, e o príncipe foi atrás dela, desejando ver para qual casa ela iria: mas ela escapou para longe dele e entrou pelo jardim nos fundos da casa. Ali, havia uma árvore grande e bela, da qual pendiam as mais belas peras. Ela subiu por entre os galhos com a agilidade de um esquilo, e o príncipe não soube para onde a moça tinha ido. Ele esperou até que o pai chegasse e lhe disse:

— A garota desconhecida escapou de mim, e acho que subiu na pereira.

O pai pensou: *Será a Gata Borralheira?* Então pediu o machado e derrubou a árvore, mas não havia ninguém nela. Quando as irmãs entraram na cozinha, a Gata Borralheira estava deitada no borralho, como sempre, pois havia saltado pelo outro lado da árvore, levado as belas roupas de volta ao pássaro na aveleira e colocado seu avental cinzento.

No terceiro dia, quando os pais e as irmãs saíram, a Gata Borralheira foi novamente ao túmulo de sua mãe e falou com a arvorezinha:

— Arvorezinha, balance assim, balance assim e jogue ouro e prata em cima de mim.

Dessa vez, o pássaro jogou para ela um vestido tão esplêndido e brilhante como nunca, e os sapatos eram de ouro puro. Todos ficaram sem palavras de tanta admiração quando ela chegou ao baile em seu vestido de festa. O príncipe dançou apenas com a moça e, quando alguém perguntava, ele dizia:

— Ela é meu par.

Quando já era noite, a Gata Borralheira quis partir, e o príncipe quis acompanhá-la, mas a moça saiu tão rápido que ele não conseguiu segui-la. No entanto, o príncipe havia usado um truque e mandado revestir toda a escadaria de piche: assim, quando ela desceu por ali, o sapato esquerdo da garota ficou preso. O príncipe o pegou, e era pequeno, delicado e todo feito de ouro. Na manhã seguinte, ele o levou ao pai e lhe disse:

— Minha esposa não será outra pessoa que não aquela em quem este sapato de ouro servir.

As duas irmãs ficaram felizes ao saber que todas os pés do reino seriam testados pelo príncipe, pois as duas tinham pés bonitos. Quando chegou a vez delas, a mais velha entrou no quarto com o sapato e quis experimentá-lo, e a mãe ficou ao lado dela. Mas ela não conseguia encaixar o dedão, e o sapato ficou muito pequeno para ela. Então, a mãe lhe deu uma faca e disse:

— Corte o dedão: quando for rainha, não precisará mais andar a pé.

A menina cortou o dedão, enfiou o pé no sapato, engoliu toda a dor e saiu para ver o príncipe. Então, ele a tomou como noiva, colocou-a sobre o cavalo e partiu com ela. Mas tiveram que passar pela cova da aveleira, onde duas pombinhas estavam empoleiradas e gritaram:

Ora, que asco, que asco,
tem muito sangue no sapato:
sapato pequeno não vai encaixar,
a noiva correta ainda está no lar.

Então, ele olhou para o pé dela e viu o sangue escorrendo. Virou o cavalo, levou a noiva errada de volta para casa e disse que ela não era a certa, que a outra irmã deveria provar o sapato. Ela, então, entrou no quarto e colocou todos os dedos no sapato, toda feliz, mas o calcanhar era grande demais. Então, a mãe lhe entregou uma faca e disse:

— Corte um pedaço do calcanhar: quando você for rainha, não precisará mais andar a pé.

A garota cortou um pedaço do calcanhar, enfiou o pé no sapato, engoliu toda a dor e saiu para ver o príncipe. Então, ele a tomou como noiva, colocou-a sobre o cavalo e partiu com ela. Quando passaram pela aveleira, as duas pombinhas empoleiradas nela gritaram:

Ora, que asco, que asco,
tem muito sangue no sapato:
sapato pequeno não vai encaixar,
a noiva correta ainda está no lar.

Ele olhou para o pé da moça e viu como o sangue escorria do sapato, deixando vermelhas as meias brancas. Então, virou o cavalo e levou a noiva errada de volta para a casa.

— Esta também não é a certa — disse ele. — Vocês não têm outra filha?

— Não — disse o homem —, apenas da minha falecida mulher, a pequena e imunda Gata Borralheira. Impossível que ela seja a noiva.

O príncipe disse que ele deveria mandar chamar a moça, mas a madrasta respondeu:

— Ah, não, ela é suja demais, não pode ser vista.

Mas ele insistiu em ver a moça, e a Gata Borralheira teve que ser chamada. Então, ela primeiro lavou as mãos e o rosto, depois foi até o príncipe, que lhe entregou o sapato de ouro. Ela se sentou em um banquinho, tirou o pé do pesado tamanco de madeira e o encaixou no sapato, que coube perfeitamente, como uma luva. E quando ela se levantou, e o príncipe olhou-a no rosto, reconheceu a bela garota que havia dançado com ele e clamou:

— Ela é a noiva de verdade.

A madrasta e as duas irmãs ficaram assustadas e pálidas de raiva, mas ele colocou a Gata Borralheira sobre seu cavalo e partiu com ela. Quando passaram pela aveleira, as duas pombinhas brancas gritaram:

*Ora, sem asco, sem asco,
não tem nenhum sangue no sapato:
o sapato nos pés dela fica muito belo,
é a noiva de verdade que ele leva ao castelo.*

E quando gritaram isso, as duas desceram voando e se empoleiraram nos ombros da Gata Borralheira, uma à direita, outra à esquerda, e ali ficaram sentadas.

No dia em que o casamento com o príncipe seria anunciado, as irmãs falsas marcaram presença, querendo agradar e compartilhar da felicidade da meia-irmã. Quando os noivos entraram na igreja, a mais velha ficou à direita, a mais nova à esquerda, e as pombas bicaram um olho de cada uma delas. Depois, quando saíram, a mais velha ficou à esquerda, e a mais nova à direita, e as pombas bicaram o outro olho de cada uma delas. E assim foram punidas por sua maldade e falsidade com a cegueira pelo resto de suas vidas.

❖

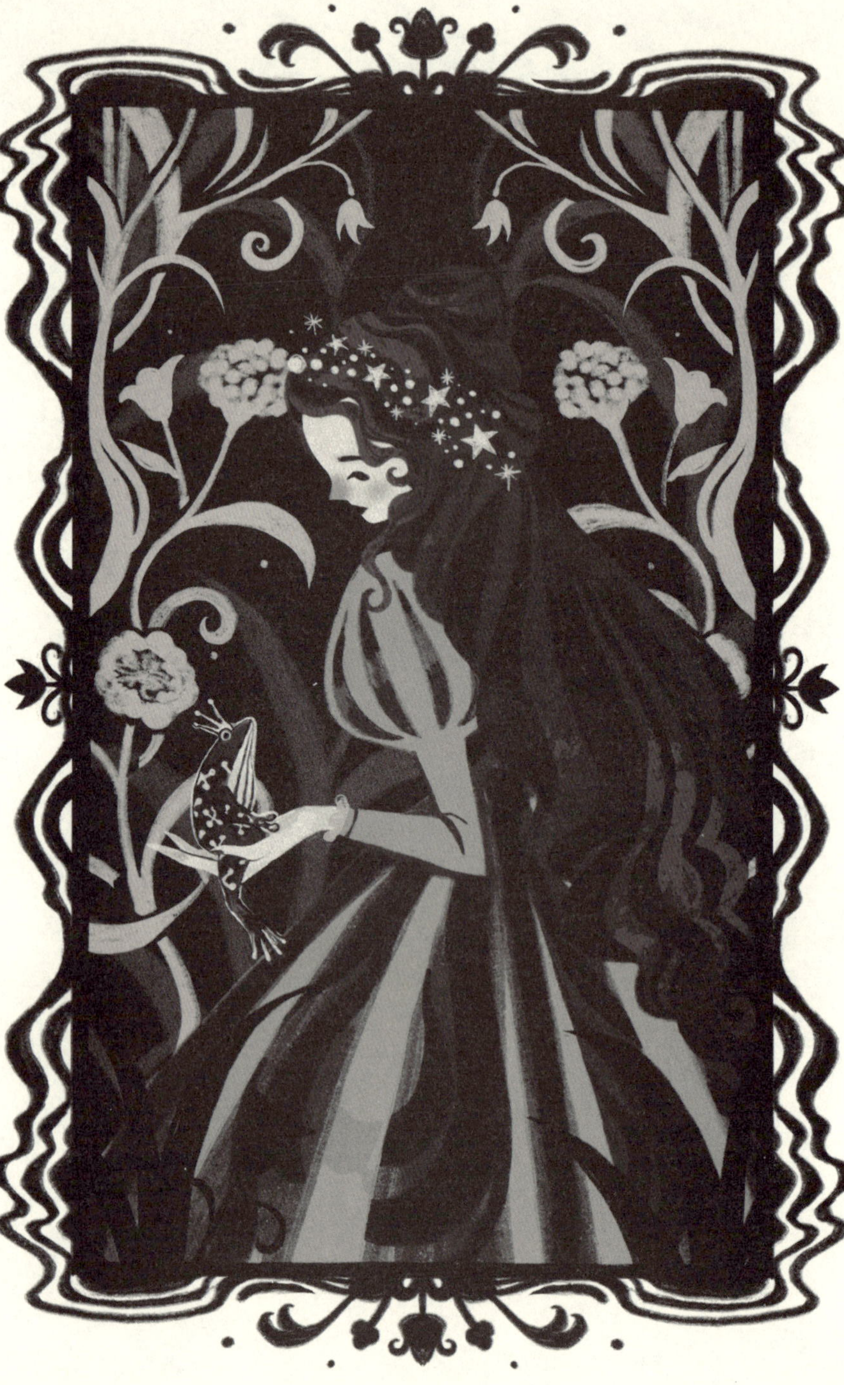

O PRÍNCIPE SAPO, OU HEINRICH DE FERRO

Irmãos Grimm

Nos tempos antigos, quando um mundo mágico ainda existia, vivia um rei cujas filhas eram todas lindas, mas a mais nova era tão linda que o próprio Sol, que já tinha visto tantas coisas, se espantava sempre que brilhava em seu rosto. Perto do castelo do rei havia uma floresta grande e sombria, e na floresta, sob uma velha tília, uma fonte; quando o dia estava muito quente, a filha do rei saía para a floresta e se sentava à beira da fonte refrescante. Quando ficava entediada, pegava uma bola dourada, lançava-a para o alto e tornava a pegá-la; e essa era sua brincadeira preferida.

Aconteceu certa vez que a bola dourada da filha do rei não caiu de volta na mãozinha que a havia jogado para o alto, mas atingiu a terra e rolou diretamente para dentro d'água. A princesa seguiu-a com os olhos, mas a bola desapareceu, e a fonte era profunda, tão profunda que não se via o fundo. Então, começou a chorar, e chorou cada vez mais alto, sem conseguir se consolar. E como estava reclamando tanto, alguém gritou para ela:

— O que aconteceu, princesa? Está gritando tanto que até a pedra se apiedaria de você.

Ela olhou ao redor, para ver de onde vinha a voz, e ali avistou um sapo que havia esticado a feiosa cabeça para fora da água.

— Ah, é você, velho chapinhador — falou ela. — Estou chorando por causa da minha bola dourada que caiu na fonte.

— Fique calma e não chore — respondeu o sapo. — Posso ajudá-la; mas o que me dará se eu trouxer seu brinquedo de volta?

— O que você desejar, querido sapo — disse ela. — Minhas roupas, minhas pérolas e pedras preciosas, e até a coroa de ouro que estou usando.

O sapo respondeu:

— Não me interessam suas roupas, suas pérolas e pedras preciosas e sua coroa de ouro. Mas se quiser gostar de mim, fazer de mim seu amigo e companheiro de brincadeiras, e se eu puder me sentar ao seu lado quando estiver na mesinha, comer do seu pratinho dourado, tomar de sua tacinha dourada, dormir na sua caminha... se me prometer isso, vou até o fundo da fonte e busco sua bola dourada.

— Ah, claro — respondeu ela. — Prometo a você tudo que quiser se trouxer minha bola de volta.

No entanto, pensou: *Esse sapo abobado, que fica acocorado na água com seus iguais coaxando, fica tagarelando, mas não pode ser companheiro de um ser humano.*

O sapo, como havia levado a sério a promessa, mergulhou de cabeça, nadou até lá embaixo e, depois de um momentinho, voltou à tona com a bola na boca e a lançou no gramado. A filha do rei ficou encantada quando viu seu lindo brinquedo novamente, pegou-o e saiu saltitando com ele para longe.

— Espere, espere — gritou o sapo —, leve-me junto, não consigo correr como você.

Mas de nada adiantava ele soltar seu coaxar tão alto quanto podia! Ela não lhe deu ouvidos, correu para casa e logo se esqueceu do pobre sapo, que teve que voltar para a fonte.

No dia seguinte, quando estava sentada à mesa com o rei e todos os cortesãos e comia de seu pratinho de ouro, alguma coisa se aproximou, *plift, plaft, plift, plaft*, subiu as escadas de mármore e, quando chegou ao topo, bateu na porta e gritou:

— Filha do rei, princesa mais nova, abra para mim.

Ela correu e quis saber quem estava do lado de fora, mas, quando abriu, viu o sapo sentado à frente dela. Então imediatamente bateu a porta, sentou-se à mesa novamente e ficou muito angustiada. O rei viu que o coração dela palpitava violentamente e perguntou:

— Minha filha, está com medo de quê? É um gigante que está aí na porta querendo buscá-la?

— Ah, não — respondeu ela. — Não é um gigante, é um sapo nojento.

— O que o sapo quer de você?

— Ah, querido pai, quando ontem eu estava sentada, brincando na floresta perto da fonte, minha bola dourada caiu na água. E como eu estava chorando muito, o sapo a buscou para mim, e conforme as exigências imperiosas dele, prometi que poderia ser meu companheiro, mas nunca pensei que fosse conseguir sair daquela água. Agora ele está aí fora e quer entrar para me ver.

Então, veio uma segunda batida e um novo chamado:

Princesa mais nova,
abra a porta para mim
ignora o que

me disse ontem
perto da água fria da fonte?
Princesa mais nova,
abra a porta para mim.

Então, o rei disse:

— Você deve cumprir o que prometeu. Vá até lá e abra para ele.

Ela foi até lá e abriu a porta, e o sapo pulou, sempre na ponta do pé, até a cadeira da princesa. Lá, sentou-se e pediu:

— Levante-me até você.

Ela hesitou, até que finalmente o rei ordenou. Quando o sapo estava na cadeira, quis saltar sobre a mesa, e, quando se sentou ali, disse:

— Agora, empurre seu pratinho dourado para mais perto de mim para que possamos comer juntos.

Ela obedeceu, mas via-se claramente que não estava gostando nada daquilo. O sapo saboreou a comida, mas ela mal conseguia engolir cada bocadinho de comida. Por fim, ele disse:

— Já estou satisfeito e cansado. Agora, leve-me para seu quartinho e prepare sua caminha de seda, lá vamos dormir.

A princesa começou a chorar e ficou com medo do sapo frio, que ela não ousava tocar e agora deveria dormir em sua cama linda e limpa.

Mas o rei ficou zangado e disse:

— Você não deve desprezar quem a ajudou quando estava com problemas.

Então, ela o pegou com dois dedos e o carregou e o colocou em um canto. Mas, quando se deitou na cama, ele veio rastejando e disse:

— Estou cansado, quero dormir tão bem quanto você: pegue-me e me deixe deitar na sua caminha, ou conto tudo ao seu pai.

Com isso, ela ficou furiosa, pegou o sapo e arremessou-o com todas as forças contra a parede. *Agora vai ficar em paz, seu sapo horroroso.* No entanto, quando ele caiu, não era mais um sapo, mas um príncipe com olhos belos e amistosos. Então, de acordo com a vontade de seu pai, tornou-se o querido companheiro e marido da princesa. Contou a ela que tinha sido amaldiçoado por uma bruxa malvada e que ninguém havia conseguido resgatá-lo da fonte, a não ser ela, e que no dia seguinte gostaria que entrassem no reino dele juntos. Então adormeceram e, na manhã seguinte, quando o sol os despertou, chegou uma carruagem com oito cavalos brancos que tinham penas brancas de avestruz na cabeça e andavam presos a correntes de ouro, e atrás deles vinha o criado do jovem rei, o fiel Heinrich. O fiel Heinrich ficara tão triste quando seu mestre se transformara em sapo que pedira que lhe colocassem três faixas de ferro em volta do coração para que não explodisse de dor e tristeza. A carruagem deveria levar o jovem rei de volta ao seu reino; o fiel Heinrich ajudou os dois a embarcarem, pôs-se de novo lá atrás e ficou cheio de alegria pela libertação de seu mestre. Depois de algum tempo de viagem, o filho do rei ouviu um estrondo atrás dele, como se algo tivesse se rompido. Então, o príncipe se virou e gritou:

— *Heinrich, a carruagem foi danificada.*
— *Não, senhor, a carruagem não está quebrada,*
Foi uma faixa do meu coração
Que doía de montão
Quando o senhor na fonte estava
E como um sapo coaxava.

De novo e de novo houve um estrondo no caminho, e o príncipe sempre pensava que era a carruagem que se quebrava, mas eram apenas os laços que cingiam o coração do fiel Heinrich se rompendo, pois seu mestre estava redimido e feliz.

❖

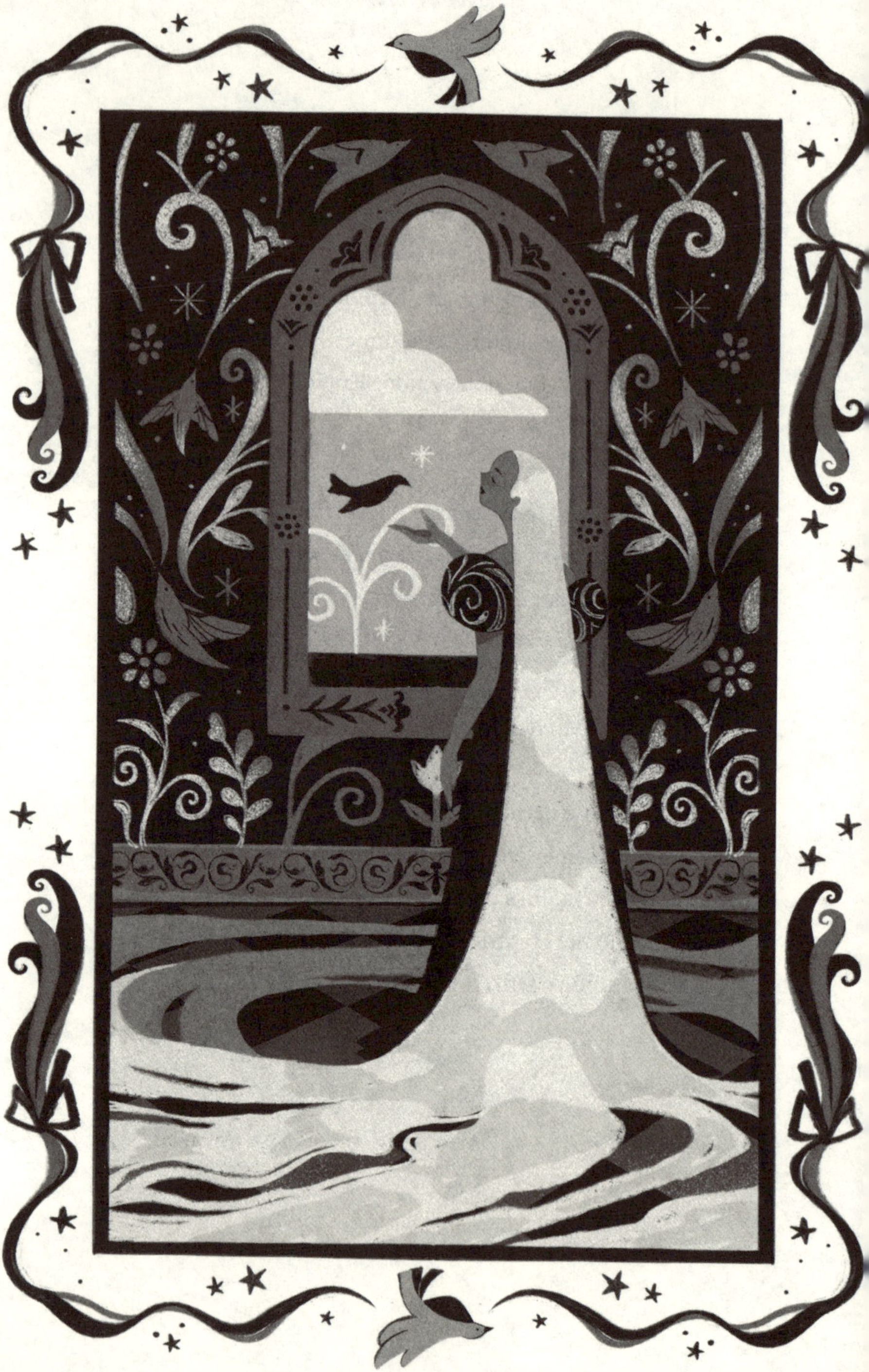

RAPUNZEL

Irmãos Grimm

Era uma vez um homem e uma mulher que havia muito desejavam, em vão, ter um filho, e finalmente a mulher vislumbrou esperanças de que o querido Deus atenderia ao seu desejo. Eles tinham uma pequena janela na casa dos fundos de onde se podia ver um esplêndido jardim, cheio das mais belas flores e ervas; mas o jardim era cercado por um muro alto e ninguém se atrevia a entrar porque pertencia a uma feiticeira que tinha grande poder e era temida por todos. Um dia, a mulher estava de pé, olhando para o jardim por essa janela, e lá viu um canteiro todo plantado com as mais belas alfaces-da-terra, e elas pareciam tão frescas e verdes que ficou com vontade de comê-las, uma imensa vontade. O desejo aumentava a cada dia e, sabendo que não conseguiria nenhuma, ficou completamente prostrada, pálida e tristonha. Então, o marido se assustou e perguntou:

— O que está sentindo, querida mulher?

— Ah — respondeu ela —, se eu não conseguir comer nenhuma alface-da-terra do jardim que há atrás de nossa casa, vou morrer.

O homem, que a amava muito, pensou: *Antes que sua esposa morra, pegue as alfaces-da-terra, custe o que custar.*

Assim, ao entardecer, escalou o muro do jardim da feiticeira, cortou às pressas um punhado de alfaces-da-terra e as levou à esposa. Ela imediatamente fez uma salada e comeu avidamente. Mas havia gostado tanto, era tão saborosa, que no dia seguinte teve três vezes mais desejo. Para tranquilizá-la, o homem teria de voltar a pular o muro do jardim.

Assim fez ao anoitecer, mas, quando desceu, ficou apavorado porque viu a feiticeira parada diante de si.

— Como se atreve — disse ela com olhar zangado — a entrar no meu jardim e roubar minhas alfaces-da-terra feito um ladrão? Vai pagar por isso.

— Ah — respondeu ele —, tenha misericórdia, precisei fazer isso por necessidade: minha mulher viu suas alfaces-da-terra da janela e sentiu um desejo tão grande que morreria se não conseguisse comê-las.

Então, a feiticeira acalmou a própria raiva e lhe disse:

— Se é como diz, vou permitir que leve o quanto quiser da alface-da-terra, mas com uma condição: terá que me dar a criança que sua esposa trará ao mundo. A criança ficará bem, e eu cuidarei dela como se fosse sua mãe.

Com medo, o homem concordou com tudo, e, quando a mulher deu à luz semanas depois, a feiticeira apareceu imediatamente, deu à criança o nome Rapunzel[3] e a levou consigo.

Rapunzel era a criança mais linda que já existira. Quando tinha doze anos, a feiticeira a trancou em uma torre que ficava em uma floresta e não tinha escadas nem portas, apenas uma janelinha no topo. Quando a feiticeira queria entrar, punha-se diante da torre lá embaixo e gritava:

— Rapunzel, Rapunzel, jogue-me suas tranças.

---

3. Rapunzel, em alemão, é o nome dado à alface-da-terra ou alface-de-cordeiro. (N.T.)

Rapunzel tinha cabelos longos e esplêndidos, finos como ouro fiado. Quando ouvia a voz da feiticeira, desamarrava suas tranças, enrolava-as em torno de um gancho da janela e então deixava o cabelo cair dez metros até o chão, e a feiticeira escalava a torre.

Depois de alguns anos, um príncipe cavalgava pela floresta e passou pela torre. Ali, ouviu um canto tão lindo que parou para escutá-lo. Era Rapunzel, que, em sua solidão, passava o tempo soltando sua doce voz.

O príncipe quis ir até ela e procurou uma porta para entrar na torre, mas não encontrou nenhuma. Voltou para casa, mas o canto havia tocado tanto seu coração que todos os dias saía para a floresta para ouvi-lo. Certa vez, quando estava atrás de uma árvore, viu a feiticeira se aproximando e a ouviu chamar:

— Rapunzel, Rapunzel, jogue-me suas tranças.

Então, Rapunzel soltou as tranças de cabelo, e a feiticeira subiu até ela.

Se é por essa escada que se sobe, também vou tentar a sorte. E, no dia seguinte, quando começou a escurecer, o príncipe se dirigiu à torre e gritou:

— Rapunzel, Rapunzel, jogue-me suas tranças.

Imediatamente o cabelo caiu, e ele subiu.

A princípio, Rapunzel ficou muito apavorada quando um homem veio até ela, pois seus olhos nunca tinham visto um antes, mas o príncipe começou a falar com ela de uma maneira muito afável e lhe disse que seu coração ficara tão emocionado por sua cantoria que não teve paz e precisou vê-la com os próprios olhos. Então, Rapunzel perdeu o medo e, quando o príncipe perguntou se ela queria se casar com ele, percebeu que ele era jovem e bonito, pensou: *Ele vai me amar mais do que a velha senhora Gotel.* E disse que sim, pousando a mão na dele. Ela disse:

— Eu gostaria de ir com você, mas não sei como descer. Sempre que você vier, traga um fio de seda, com o qual vou tecer uma escada. Quando terminar, descerei, e você me levará em seu cavalo.

Combinaram que, a partir de então, ele a visitaria todas as noites, pois a velha vinha durante o dia. A feiticeira também não percebeu nada, até que Rapunzel um dia se levantou e lhe disse:

— Diga-me, senhora Gotel, como é que a senhora tem mais dificuldade de chegar até mim que o filho do rei, que sobe aqui em um instante?

— Ah, menina ímpia! — gritou a feiticeira. — O que está dizendo? Pensei que tivesse separado você de todo o mundo, e você, afinal, me traiu!

Em sua raiva, agarrou os lindos cabelos de Rapunzel, enrolou-os algumas vezes na mão esquerda, pegou uma tesoura com a direita e *zipt-zapt*, cortou tudo. As lindas tranças foram ao chão. E foi tão implacável que levou a pobre Rapunzel para um deserto, onde ela teve que viver em grande miséria.

No mesmo dia em que abandonou Rapunzel, entretanto, à noite, a feiticeira prendeu as tranças cortadas no gancho da janela e, quando o príncipe gritou "Rapunzel, Rapunzel, jogue-me suas tranças", ela soltou os cabelos para ele. O filho do rei subiu, mas não encontrou sua querida Rapunzel no andar de cima, e sim a feiticeira, que o encarava com olhos malignos e venenosos.

— A-há — gritou ela com desdém. — Você veio buscar sua amada, mas o lindo pássaro não está mais aqui neste ninho e não vai mais cantar. O gato o levou, e agora vai arrancar seus olhos também. Nunca mais saberá de Rapunzel, nunca mais a verá.

O príncipe ficou fora de si de tanta dor e, em desespero, pulou da torre: a vida ele não perdeu, mas os espinhos sobre os quais caiu feriram seus olhos. Cego, vagou pela floresta sem comer nada além de raízes e bagas e sem fazer nada além de se lamentar e chorar pela perda de sua amada. Então, vagou na penúria por alguns anos e finalmente chegou ao deserto onde Rapunzel vivia miseravelmente com os gêmeos que dera à luz, um menino e uma menina. Ele ouviu uma voz, e ela lhe pareceu muito familiar: foi até ela e, quando se aproximou, Rapunzel o reconheceu e abraçou-o com força e chorou. Duas de suas lágrimas molharam os olhos do príncipe, que voltaram a clarear, e ele pôde enxergar como antes. Ele levou Rapunzel e os filhos ao seu reino, onde foi recebido com alegria, e eles viveram felizes e satisfeitos por muitos anos.

LEIA TAMBÉM

❊ A metamorfose ❊
Franz Kafka

Clássico da literatura mundial, o fantástico de Kafka agora chega a novos leitores

A metamorfose (*Die Verwandlung*, em alemão) é uma novela escrita por Franz Kafka, publicada pela primeira vez em 1915.

Nessa obra, Kafka descreve o caixeiro-viajante Gregor Samsa, que abandona as suas vontades e desejos para sustentar a família e pagar a dívida dos pais. Numa certa manhã, Gregor acorda metamorfoseado num inseto monstruoso.

✤ O casamento entre o Céu e a Terra ✤
Leonardo Boff

Uma viagem pelas histórias originárias das cores dos peixes e das vozes dos pássaros, da mandioca, do guaraná, das estrelas e do amor.

Em *O casamento entre o Céu e a Terra*, o professor, teólogo, filósofo, escritor e grande defensor dos direitos humanos Leonardo Boff reúne histórias, relatos e mitos originários dos indígenas do Brasil. Recolhidas ao longo dos anos e vindas de diversas etnias, essas narrativas são prova da inestimável contribuição desses povos a nossa cultura, nossa língua, nossos costumes e nossa forma de compreender a natureza. Cada uma delas é capaz de nos conectar à sabedoria ancestral desses povos e somá-la, enfim, a nossa sabedoria contemporânea.

Editora Planeta
Brasil | **20 ANOS**

Acreditamos nos livros

Este livro foi composto em IM FELL Great
Primer e impresso pela Geográfica para a Editora
Planeta do Brasil em fevereiro de 2023.